Amos Oz

Soudain dans la forêt profonde

Traduction de l'hébreu par
Sylvie Cohen

Dossier et notes réalisés par
Judith Josse-Lafon

Lecture d'
Pierre-Olivi

folioplus
classiques

Judith Josse-Lafon est agrégée de lettres classiques et titulaire d'un master en sciences de l'information consacré aux émissions littéraires à la télévision. Elle enseigne dans un collège de la région parisienne.

Pierre-Olivier Douphis est docteur en histoire de l'art contemporain de l'Université Paris IV-Sorbonne. Il a écrit des articles dans la *Gazette des Beaux-Arts*, le *Bulletin du Musée Ingres*, le *Musée critique de la Sorbonne*. Il est co fondateur de la revue en ligne *Textimage*. Il écrit actuellement une étude sur une œuvre de Fra Angelico à paraître prochainement.

Sommaire

Soudain dans la forêt profonde

Merci à Din, Nadav, Alon et Yaël, mes merveilleux petits-enfants chéris, dont les suggestions, les conseils avisés et l'inventivité m'ont été très précieux pour écrire cette histoire.

I

Emanuela l'institutrice leur parla de l'ours, de la respiration des poissons et du cri de la hyène, la nuit. Elle accrocha aussi des photos d'animaux et d'oiseaux aux murs de la classe. La plupart des enfants se moquèrent d'elle parce qu'ils n'en avaient jamais vu. Ils ne croyaient pas vraiment à l'existence d'autres créatures vivantes. En tout cas, il n'y en avait pas dans les parages. Et comme, en plus, la maîtresse n'avait pas réussi à se trouver un mari, on pensait qu'elle avait une araignée au plafond et des idées farfelues plein la tête, comme tous les solitaires.

Le petit Nimi fut le seul qui se prit à rêver d'animaux à cause des histoires de l'institutrice. Toute la classe se gaussa quand, le lendemain matin, il raconta que ses chaussures marron, posées comme d'habitude au pied de son lit, s'étaient métamorphosées en hérissons et avaient passé la nuit à gambader dans sa chambre pour redevenir de simples souliers, retrouvés sous son lit à son réveil. Une autre fois, c'étaient des chauves-souris noires qui étaient venues le chercher au milieu de la nuit et l'avaient transporté sur leurs ailes dans le ciel, au-dessus du village, des montagnes et des forêts, jusqu'à un château enchanté.

Nimi était dans la lune et perpétuellement enrhumé. En plus, il avait les dents d'en haut écartées et proéminentes. Les autres appelaient cet interstice « bouche d'égout ».

En arrivant en classe, le matin, Nimi s'empressait de raconter son nouveau rêve, et, chaque fois, on lui disait : « Arrête, il y en a marre, ferme un peu ta bouche d'égout. » Et, comme il persévérait, on s'ingéniait à le ridiculiser. Mais, au lieu de se vexer, il en rajoutait. Il reniflait, avalait sa morve et, débordant de joie, il s'affublait des sobriquets humiliants qu'on lui donnait : « bouche d'égout », « cauchemar ambulant », « godasse-hérisson ».

Assise derrière lui en classe, Maya, la fille de Lilia la boulangère, ne manquait pas de lui chuchoter à l'oreille : « Écoute, Nimi, tu peux rêver de ce que tu veux, d'animaux, de filles ou de je ne sais quoi, mais tu ferais bien de te taire. Ça vaudrait mieux pour toi. »

Matti lui avait dit : « Tu ne comprends pas. Nimi ne rêve que pour en parler. Et il rêve encore quand il se réveille, le matin. »

Un rien l'amusait, Nimi, il s'enthousiasmait pour n'importe quoi : une tasse fêlée dans la cuisine, la pleine lune, le collier de la maîtresse, Emanuela, ses dents protubérantes, les boutons qu'il oubliait d'attacher, le mugissement du vent dans la forêt, il riait pour un oui ou pour un non. Tout prétexte était bon pour faire le fou.

Jusqu'au jour où il quitta l'école et le village pour se sauver dans la forêt. On se lança à sa recherche durant deux ou trois jours. Les veilleurs de nuit battirent la campagne pendant une semaine, voire une dizaine de jours. Enfin, seuls ses parents et sa sœur s'acharnèrent à le retrouver.

Il reparut au bout de trois semaines, amaigri, sale,

égratigné et contusionné de partout, mais hennissant d'allégresse. Dès lors, le petit Nimi ne cessa de hennir et ne parla plus : depuis son retour de la forêt, il ne disait pas un mot et errait dans les rues du village, pieds nus, en loques, la goutte au nez, exhibant ses dents écartées, galopant dans les cours, grimpant aux arbres et aux poteaux sans s'arrêter de hennir, l'œil droit larmoyant à cause d'une allergie.

Il lui était impossible de retourner à l'école à cause de sa hennite, sa nouvelle maladie. À la fin de la classe, les enfants le singeaient pour l'entendre hennir. Ils le surnommèrent « Nimi le poulain ». Le médecin espérait que cela passerait avec le temps : là-bas, dans la forêt, il avait dû voir quelque chose qui l'avait effrayé ou choqué, et depuis il avait la maladie du hennissement.

« On devrait peut-être faire quelque chose pour l'aider, suggéra Maya à Matti.

— Laisse tomber. Ils finiront bien par se fatiguer et lui ficher la paix. On l'oubliera. »

Et lorsque les autres le chassaient à coups de moqueries, de pommes de pin et d'épluchures, le petit Nimi détalait en hennissant. Il grimpait aux plus hautes branches du premier arbre venu et, arrivé à la cime, il se mettait à hennir avec son œil larmoyant et ses dents saillantes. Parfois, au beau milieu de la nuit, on avait l'impression d'entendre l'écho de ses hennissements résonner dans l'obscurité.

2

Le village était gris et morose. Les montagnes, les forêts, les nuages et le vent le cernaient de toutes parts. On ne voyait pratiquement pas de visiteurs et nul voyageur ne s'y aventurait jamais : c'étaient quelque trente ou quarante maisonnettes, dispersées dans une vallée encaissée, entourée de montagnes escarpées. L'unique route, qui s'y arrêtait parce qu'elle ne pouvait aller plus loin, passait par une brèche entre les montagnes : c'était le bout du monde.

De temps à autre débarquaient un artisan ambulant, un colporteur ou un mendiant égaré. Personne ne s'attardait plus de deux nuits, car l'endroit était maudit : un étrange silence y régnait en permanence, on n'entendait jamais une vache meugler, un âne braire ou un oiseau gazouiller, les oies sauvages ne sillonnaient pas le ciel vide et les villageois se parlaient à peine, se bornant au strict minimum. Jour et nuit, on n'entendait que le grondement de l'eau, car un torrent coulait entre les arbres, là-haut dans la montagne. Impétueux, les rives blanches d'écume, il traversait le village de part en part dans un grondement sourd qui ressemblait à un gémissement, avant de disparaître dans les méandres des vallées et des forêts.

3

La nuit, le silence était encore plus noir et dense qu'en plein jour : pas de chien qui hurlait à la lune, le cou tendu et les oreilles aplaties, pas de renard qui glapissait dans la forêt, d'oiseau de nuit qui hululait, de criquet qui stridulait, de grenouille qui coassait ou de coq qui chantait au lever du jour. Depuis des années, les vaches, les chevaux, les moutons, les oies, les chats, les oiseaux chanteurs, les araignées et les lapins, tous les animaux avaient déserté le village et ses environs. On n'y voyait pas le moindre petit chardonneret. Il n'y avait aucun poisson dans le torrent. Pendant la période des migrations, les cigognes et les grues contournaient cette vallée perdue. Voilà des lustres que l'on n'y avait vu des insectes ou des reptiles, pas même des abeilles, des fourmis, des moustiques ou des mites. Les adultes, qui s'en souvenaient encore, préféraient généralement se taire, contester ou simuler l'oubli.

Des années plus tôt, sept chasseurs et quatre pêcheurs vivaient au village. Mais, lorsque les poissons avaient déserté le torrent et que les animaux sauvages s'en étaient allés, les pêcheurs et les chasseurs étaient partis à leur tour vers des contrées que la malédiction avait épargnées. Un seul pêcheur du nom d'Almon, un vieil homme solitaire, était resté au village. Il habitait une petite cabane au bord du torrent et soliloquait à n'en plus finir d'une voix furieuse en préparant sa soupe de pommes de terre. On l'appelait toujours Almon le pêcheur, même s'il y avait belle lurette qu'il avait cessé de pêcher pour cultiver la terre : il passait ses journées à faire pousser des légumes et autres tubercules et il possédait également un verger d'une trentaine d'arbres fruitiers, à flanc de coteau.

Il avait même installé un épouvantail au milieu de son potager, dans l'espoir de vivre assez longtemps pour voir revenir les oiseaux et les autres animaux disparus. Il lui arrivait de discourir pendant des heures avec son épouvantail, il s'entêtait, tempêtait, puis, découragé, il allait chercher une vieille chaise, s'y asseyait et, avec une patience infinie, il revenait à la charge pour tenter d'amadouer son épouvantail ou, au moins, lui faire reconsidérer ses idées fixes.

Quand il faisait beau, le soir, Almon s'installait sur sa chaise, au bord du torrent, chaussait ses vieilles lunettes qui avaient tendance à glisser sur son nez au-dessus de sa barbe blanche et fournie, et il se mettait à lire un livre. Ou bien il noircissait des pages et des pages d'un carnet en marmonnant des arguments et des objections. La nuit, il façonnait de jolies figurines de bois représentant des animaux et des oiseaux, ainsi que des créatures inconnues qui n'existaient que dans son imagination ou dans ses rêves. Il offrait ses sculptures aux enfants du village : à Matti, il avait donné une chatte en pomme de pin dont les petits étaient en écorce de noyer. Il avait fabriqué un écureuil pour le petit Nimi, et Maya avait reçu deux grues qui, le cou tendu et les ailes déployées, se préparaient à s'envoler.

Grâce à ces statuettes et aux croquis dessinés au

tableau par Emanuela l'institutrice, les enfants savaient à quoi ressemblaient un chien, un chat, un papillon, un poisson, un poussin, un agneau et un veau. La maîtresse avait même appris à quelques élèves à imiter les cris d'animaux dont les adultes se souvenaient depuis l'enfance, avant la disparition des bêtes, mais que les plus jeunes n'avaient jamais entendus de leur vie.

Maya et Matti se doutaient de l'existence d'un savoir défendu. Tous deux prenaient d'infinies précautions pour dissimuler qu'ils étaient renseignés, ou à peu près. Ils se retrouvaient parfois en secret derrière une vieille meule de foin où ils se concertaient pendant près d'un quart d'heure avant de détaler, chacun de son côté. Il n'y avait qu'un seul adulte à qui Matti et Maya auraient éventuellement pu se fier. Ils avaient failli à plusieurs reprises révéler leur secret à Danir le couvreur, qui, le soir, sur la place du village, n'hésitait pas à aborder devant ses amis des sujets que les enfants ne devaient pas entendre. Quand il avait bu il évoquait en riant l'idée d'aller chercher un cheval ou une chèvre là-bas, dans la vallée.

Qu'arriverait-il s'ils se confiaient à Danir le couvreur ? Ou au vieil Almon ? Ou bien s'ils décidaient un beau jour d'aller vérifier leur hypothèse dans la forêt ? À moins que ce soit une illusion, un de ces rêves à la Nimi, indigne d'eux ?

Entre-temps, ils attendaient sans trop savoir quoi. Un soir, Matti s'enhardit jusqu'à demander à son père pourquoi les animaux avaient disparu du village. Celui-ci prit son temps avant de répondre. Il se leva de son tabouret et se mit à faire les cent pas dans la cuisine. Puis il saisit son fils par les épaules en évitant de le regarder. « Alors voilà, Matti, dit-il en fixant une tache noirâtre sur le mur au-dessus de la porte, là où la peinture s'était écaillée à cause de l'humidité. Il s'est passé certaines choses ici. Des choses dont il n'y a pas de quoi être fier. Mais nous ne sommes pas tous responsables. Pas au même degré, en tout cas. Et puis, qui es-tu pour nous juger ? Tu es trop jeune. De quel droit nous blâmerais-tu ? Tu ne peux pas condamner des adultes. D'ailleurs, qui t'a parlé des animaux ? Ils ont peut-être existé. Ou peut-être pas. C'était il y a si longtemps. On a oublié, Matti. On a oublié, point final. N'y pense plus. Personne n'a envie de se rappeler. Maintenant, descends me chercher des pommes de terre à la cave et arrête de parler pour ne rien dire.

« Écoute, Matti, ajouta-t-il avant de quitter la cuisine. On va faire comme si nous n'avions jamais eu cette conversation. Comme si on n'en avait jamais parlé. D'accord ? »

Les autres parents préféraient généralement démentir. Ou garder le silence. Ils refusaient d'en discuter. Surtout en présence des enfants.

4

Morne et taciturne, le village menait une existence très ordinaire : hommes et femmes partaient chaque matin travailler dans les champs, les vignes et les vergers pour rentrer à la tombée du jour, exténués, dans leurs chaumières. Les enfants allaient à l'école, le matin. L'après-midi, ils jouaient dans les cours désertes, se poursuivaient dans les étables abandonnées et les poulaillers vides, grimpaient dans les pigeonniers dépeuplés et aux branches des arbres où aucun oiseau ne nichait.

Les soirs où il ne pleuvait pas, Solina la couturière promenait son mari impotent à travers le village. Ghinom l'invalide avait tellement rapetissé au fil des ans que Solina pouvait le transporter au bord du fleuve couché dans un vieux landau.

Pendant tout le trajet, à l'aller comme au retour, Ghinom poussait des bêlements plaintifs car, souffrant de la maladie de l'oubli, il se prenait pour un agneau. Solina se penchait et lui chantonnait de sa voix chaude et voilée : « Chut, chut, dors, mon petit orphelin, chut, chut, dors, fais dodo, Ghinom, chut, chut, dors. »

Quand Nimi les dépassait en courant, sale, hirsute et dépenaillé, la goutte au nez, l'œil larmoyant, hors d'haleine et gesticulant, il lâchait deux ou trois longs hennissements endiablés. Aussitôt, l'infirme cessait de bêler et tendait l'oreille avec un sourire ravi.

D'une main, Solina caressait tendrement les rares cheveux blancs qui recouvraient encore la tête de son mari, Ghinom, tandis que, de l'autre, elle poussait le landau dont les roues vétustes grinçaient sur le sentier en pente.

Durant les longues soirées d'été, à la fin de sa journée de travail, Danir le couvreur se juchait sur le muret entourant la place du village en compagnie de ses deux ouvriers pour boire une chope de bière; parfois, ils se mettaient à chanter. Des jeunes gens et des jeunes filles accouraient de tous côtés et se joignaient à eux. Ils chantaient à l'unisson, se livraient à des jeux d'adresse, bavardaient ou faisaient des messes basses. De temps à autre, ils riaient aux éclats. Les enfants se dissimulaient derrière les haies pour voir et entendre leurs aînés parler et plaisanter de choses défendues — des lointains villages dans la vallée, en contrebas, des amours des lapins ou des miaulements des chats en rut. Danir le couvreur éclatait brusquement d'un rire caverneux et tonitruant, pareil à une chute de pierres. D'ici peu, dans une semaine ou un mois, affirmait-il, ses deux apprentis et lui s'en iraient dans les vallées lointaines dont ils reviendraient non pas à pied, mais dans des charrettes tirées par des chevaux et chargées de toutes sortes d'oiseaux, d'animaux, de poissons et d'insectes qu'ils répartiraient ensuite dans chaque maison, chaque cour. Ils déverseraient ensuite des poissons vivants dans les eaux du torrent. Ainsi, tout redeviendrait comme avant cette maudite nuit et on n'en parlerait plus. D'étonnement, toute la bande demeurait sans voix. Les propos de Danir n'amusaient personne, au contraire, ils jetaient comme un froid dans l'assistance.

Les rendez-vous du couvreur et de sa bande à la fin de la journée sur la place pavée de vieilles dalles étaient les seuls moments joyeux de la vie du village. Dès le coucher du soleil, en effet, les jeunes gens se dispersaient et chacun rentrait chez soi. La place se vidait en un clin d'œil et se retrouvait plongée dans l'obscurité.

La nuit venue, on barricadait les portes avec des barres de fer et on fermait les volets métalliques des fenêtres. Personne ne s'aventurait dehors à la nuit tombée. À dix heures du soir, les lumières s'éteignaient les unes après les autres. Seule la fenêtre d'Almon le pêcheur restait parfois éclairée jusqu'à minuit, heure à laquelle elle s'obscurcissait à son tour.

Les ténèbres et le silence se glissaient hors de la forêt pour s'infiltrer dans les maisons calfeutrées et les jardins déserts. Des blocs d'ombre vacillaient dans les rues du village. Des vents glacés soufflaient de la montagne et gémissaient à la cime des arbres et dans les bosquets. Les eaux écumeuses du torrent dévalaient les pentes à gros bouillons, au cœur des ténèbres.

5

La terreur s'emparait du village, la nuit.

La nuit appartenait à Nehi, le démon de la montagne. Derrière les persiennes closes, les parents racontaient à mi-voix à leurs enfants que Nehi descendait au crépuscule de son château noir, par-delà les montagnes et les forêts, et passait entre les maisons, pareil à un mauvais esprit à l'affût du moindre signe de vie. S'il tombait sur un criquet égaré, une luciole emportée là par la bise, voire une coccinelle ou une fourmi, il déployait aussitôt son manteau crépusculaire et y emprisonnait la créature. Au lever du soleil, il regagnait d'un battement d'ailes son palais de cauchemar, au-delà des ultimes forêts, au faîte des montagnes, perpétuellement noyé dans les nuages.

Telles étaient les histoires que chuchotaient les parents à leurs enfants. Mais ils s'empressaient aussitôt de les rassurer en leur affirmant, sur un autre ton, que c'était pure invention. Quoi qu'il en soit, aucun villageois ne sortait jamais de chez soi après la tombée de la nuit. Aux dires des parents, la nuit grouillait de choses qu'il valait mieux éviter.

Maya était une petite fille têtue. La fille unique de Lilia la boulangère, qui était veuve, ne croyait que ce qu'elle voyait. Elle ne se gênait pas pour traiter de fariboles les contes de la nuit que lui racontait sa mère. « Tout le monde est un peu timbré ici. Mais alors toi !

— Tant mieux si tu le crois. Le fait est que la folie règne chez nous. C'est de l'histoire ancienne, mais je préfère que tu n'en saches rien. Lorsqu'on est ignorant, on ne peut pas se sentir coupable. Et on ne risque pas d'être contaminé non plus.

— Contaminé par quoi, maman ?

— Par de mauvaises choses, Maya. De très mauvaises choses. Bon, ça suffit. Aurais-tu vu par hasard mon châle marron ? Et quand vas-tu cesser de gribouiller sur la nappe ? Je te l'ai dit cent fois au moins. Arrête. Ça suffit. »

Une nuit, blottie sous les couvertures, Maya attendit patiemment que sa mère soit endormie. Une fois qu'elle s'en fut assurée, elle se leva et alla se poster à la fenêtre sans allumer la lumière. Elle y resta pratiquement jusqu'au petit matin, emmitouflée dans une couverture pour se protéger du froid, mais elle ne vit personne dehors et n'entendit aucun bruit non plus, sauf peut-être le hennissement triste de Nimi le poulain, qu'elle crut percevoir à trois rues de là. Nimi était devenu un petit vagabond, car les portes se fermaient devant lui depuis qu'il était atteint de hennite. Très vite, tout redevint silencieux. Et, à la lueur du croissant de lune qui jouait à cache-cache avec les nuages, elle distingua le bosquet noyé d'ombre, de l'autre côté de la ruelle, derrière une bâtisse en ruine.

À la faveur des brèves apparitions de la lune, entre les nuages, au cours de cette nuit vide, interminable, elle compta huit arbres. Elle les recompta lorsque la lune ressurgit, une ou deux heures après, et, cette fois, il y en avait neuf. Au moment où la lune reparut, un peu plus tard, il y en avait encore neuf. Mais quand, à l'aube, les versants des montagnes commencèrent à blanchir aux premiers rayons du soleil et que Maya décida de recompter les arbres encore une fois, la dernière, elle n'en trouva plus que huit.

Elle parvint au même résultat lorsqu'elle les recompta le lendemain en allant voir de plus près : il y en avait bien huit. Maya passa d'un arbre à l'autre en touchant chaque tronc au passage qu'elle compta et recompta. Il n'y avait pas de neuvième arbre. S'était-elle trompée pendant la nuit ? À cause de la fatigue ou de l'obscurité ?

Maya ne parla à personne du neuvième arbre, ni à sa mère, la boulangère, ni à ses camarades, ni même à Emanuela, l'institutrice. Matti fut le seul à qui elle s'en ouvrit, parce qu'il lui avait confié le projet qu'il nourrissait en secret depuis plusieurs mois. Matti écouta l'histoire du neuvième arbre, réfléchit et lui proposa d'attendre que ses parents et ses sœurs soient endormis. Il se lèverait, se glisserait dehors et s'approcherait du bosquet, derrière la maison en ruine. Il veillerait toute la nuit sans s'assoupir un seul instant ni détourner les yeux, afin de vérifier si quelque chose apparaissait au cœur de la nuit pour s'évanouir à l'aube.

6

Tout avait commencé des années avant la naissance des enfants, du temps où leurs parents étaient eux-mêmes encore des enfants. Par une nuit d'hiver où il pleuvait à verse, tous les animaux du village s'étaient volatilisés : les bêtes, les oiseaux, les poissons, les reptiles et les autres bestioles rampantes. Au matin, il ne restait plus que les adultes et les enfants. Emanuela, alors âgée de dix ans, avait pleuré des semaines entières la disparition de sa chatte, Tima, qui avait mis bas trois petits, deux tigrés, comme leur maman, et le troisième, un chaton facétieux à la robe jaunâtre adorant se rouler en boule comme une chaussette et se cacher dans une botte. Au cours de cette terrible nuit, la chatte et ses chatons avaient disparu du tiroir à chaussures capitonné, au bas de l'armoire, qui leur servait de litière. Le lendemain matin, Emanuela n'y avait trouvé qu'une petite touffe de poils, deux vibrisses et l'odeur aigre-douce de chatons tièdes, de salive et de lait.

Les plus âgés parmi les villageois juraient avoir aperçu, par les fentes des persiennes, la silhouette de Nehi le démon menant à travers les rues du village une interminable procession grouillante. À cette cohorte s'étaient joints des animaux sortant des cours, des poulaillers, des porcheries, des enclos, des écuries, des niches, des pigeonniers et des étables, une multitude de créatures grandes et petites que la forêt avait englouties. Le lendemain matin, le village était désert et les habitants se retrouvèrent seuls.

Durant des jours et des jours, les gens n'avaient plus osé se regarder en face, tant ils étaient méfiants, abasourdis ou honteux. Depuis, la plupart répugnaient à en parler. En bien ou en mal. Ils n'en disaient mot. Il leur arrivait même d'oublier pourquoi ils préféraient oublier. Cependant, tout le monde se souvenait parfaitement que l'oubli était souhaitable. Et qu'il valait mieux tout nier en bloc, même le silence, et se moquer de ceux qui s'obstinaient à se souvenir : il fallait qu'ils se taisent. Qu'ils ne parlent pas.

Solina la couturière, autrefois bergère, avait perdu en une nuit son troupeau de chèvres, son poulailler, un élevage de canards et une petite cage retrouvée vide au matin, sans oiseau. Son époux, Ghinom le forgeron, avait disparu le lendemain et ne fut retrouvé qu'une semaine plus tard dans la forêt, grelottant de froid. Sans doute avait-il été assez téméraire pour partir à la recherche de ses chèvres et de ses volailles perdues. Solina et les anciens du village avaient eu beau insister, ils n'avaient rien pu en tirer, excepté des pleurs et des gémissements. Ghinom tomba malade et commença à se ratatiner et à se recroqueviller sur lui-même, à tel point qu'on pouvait le transporter dans un vieux landau ; il se prenait pour un agneau, ou un chevreau.

Des années auparavant, Almon le vieux pêcheur avait consigné dans son carnet un rapport détaillé des événements de cette fameuse nuit. On y lisait que le dernier soir, un peu avant le coucher du soleil, il était allé au bord du fleuve pour relever son filet où il avait trouvé neuf poissons vivants. Il avait décidé de les garder dans un baquet rempli d'eau qu'il avait placé sur le pas de sa porte, afin de les vendre le lendemain. À son réveil, ce matin-là, le récipient était toujours plein d'eau, mais il n'y avait plus un seul poisson.

Depuis cette nuit-là, il n'avait plus jamais revu Zito, son chien, son fidèle compagnon, un grand sentimental, précis comme une horloge. C'était un animal taciturne avec une oreille marron et l'autre tachetée de blanc. Il les pointait en avant et les rapprochait quand il s'efforçait de comprendre ce qui se passait autour de lui. Avec ses oreilles dressées, ce chien avait l'air si sérieux, intelligent et méditatif que l'on aurait dit un éminent chercheur se creusant la cervelle pour découvrir les secrets de la science.

Zito était capable de lire dans les pensées de son maître. Il devinait les intentions du pêcheur avant même que ce dernier n'en prenne conscience. Il se levait d'un bond de sa place favorite, près du poêle, traversait la pièce et se plantait résolument devant la porte, une fraction de seconde avant qu'Almon eût consulté la pendule et décidé qu'il était temps de se rendre au fleuve. Ou encore, il léchait affectueusement la joue de son maître à grands coups de langue tiède pour le réconforter et l'aider à chasser la déprime dans laquelle il ne sombrerait qu'une ou deux minutes plus tard.

Le vieux pêcheur ne s'était jamais consolé de la perte de son chien pour qui il ressentait un amour mêlé de tendresse, d'inquiétude et de confiance. Comment l'animal avait-il pu oublier son maître ? Lui était-il arrivé malheur ? Si Zito était toujours en vie, il aurait certainement cherché à se sauver et il se serait débrouillé pour retourner à la maison. Parfois, il lui semblait entendre l'écho assourdi d'un aboiement qui l'appelait de très loin, du fin fond de la forêt : « Viens, viens toi aussi, n'aie pas peur. »

Outre son chien, Almon le pêcheur n'avait plus revu le couple de chardonnerets, nichant sur une branche, secouée à chaque souffle de vent contre la vitre, ni les termites qui, la nuit, s'en donnaient à cœur joie avec les vieux meubles de sa maison où ils accomplissaient sans relâche leur travail de sape. Depuis cette nuit-là, ils s'étaient également tus à jamais.

Durant des années, pour s'endormir, Almon avait coutume de se laisser bercer par le grignotement destructeur des insectes xylophages[1] au sein de l'obscurité. De sorte que, depuis cette terrible nuit, il peinait à trouver le sommeil : comme si le silence pesant le narguait dans les ténèbres. Assis à la table de la cuisine, le pêcheur veillait jusqu'à minuit, se rappelant que jadis, à cette heure, s'infiltraient à travers les persiennes closes les jappements tristes des chacals de la forêt auxquels répondaient les aboiements furieux des chiens du village qui se muaient à leur tour en glapissements. À ces moments-là, son chien, ce cher animal, posait sa tête tiède sur ses genoux et levait vers lui un regard rayonnant d'intelligence, de compassion muette, d'amour et de tristesse. « Merci, Zito, lui disait Almon. Ça va passer. Ça ira. »

Dans la solitude et le silence de la nuit, Almon le pêcheur méditait et se languissait de son chien, des chardonnerets, des poissons du torrent et même des termites, il écrivait, raturait, écoutait la voix ténue du petit Nimi, errant par les rues du village, dont les hennissements, de loin, ressemblaient à des lamentations. En ces instants, Almon s'en prenait à son crayon, polémiquait

1. Mangeurs de bois.

à haute voix avec le poêle ou tournait les pages de son carnet pour tenter d'apaiser un peu l'agitation de la nuit et le tumulte du fleuve.

Almon avait écrit, entre autres, que sans ces créatures vivantes même les plus belles nuits d'été lui semblaient noyées dans le brouillard qui engloutissait toutes choses, le village, les âmes, la forêt. Ces nuits-là, avait noté Almon, la brume n'était pas vaporeuse et légère, telles les nappes de givre hivernales, mais poussiéreuse, sale et écrasante.

Depuis la nuit où Nehi le démon avait entraîné toutes les créatures vivantes dans son antre, là-haut dans la montagne, les villageois vivaient et cultivaient leurs vergers dans le silence et la crainte. Sans bêtes ni animaux domestiques. Ils étaient seuls. Abstraction faite du torrent qui, jour et nuit, été comme hiver, continuait à rouler dans ses eaux des petits galets, des bouts de bois et de la vase sans jamais connaître de repos.

7

Des bûcherons hardis s'aventuraient parfois à la lisière de la forêt, de même que Danir le couvreur et ses apprentis, mais ils ne s'y risquaient que par petits groupes de trois ou quatre, et uniquement à la lumière du jour.

Ils ne devaient jamais, au grand jamais et sans aucune exception, sortir de la maison à la tombée de la nuit, rabâchaient les parents à leur progéniture. Et si un enfant posait des questions, les parents se renfrognaient et répondaient qu'il courait de grands dangers. Car l'obscurité était terriblement hostile.

Cela, tous les gamins le savaient.

Lorsque, à l'aube, les bûcherons apercevaient des branches cassées et l'herbe piétinée, ils se regardaient en hochant la tête, sans mot dire. Ils n'ignoraient pas que, à la nuit tombée, Nehi le démon descendait de son château au sommet de la montagne et rôdait dans les forêts autour du village. À minuit, sa silhouette se matérialisait le long du torrent, il palpait les clôtures des vergers, se glissait sans bruit dans les jardins obscurs et déambulait entre les écuries abandonnées et les étables désertes, les pans de son manteau noir foulant l'herbe et effleurant les feuilles au passage. À l'aurore, il s'enfonçait dans la forêt, se fondait au cœur des fourrés, dans la pénombre, planait à travers les vallées, les grottes et les anfractuosités des rochers pour regagner son château, là-haut sur la montagne où nul homme n'avait jamais osé poser le pied.

« Voyez, chuchotaient les bûcherons, il est passé par ici, cette nuit. Il y a à peine cinq ou six heures, il se tenait exactement là où nous sommes. » Rien que d'y penser, ils en avaient la chair de poule et froid dans le dos.

8

Une nuit, Matti résolut de tenir la promesse faite à Maya. Mais il n'eut pas le courage de se rhabiller pour se faufiler dehors et gagner le petit bosquet, au pied de la maison en ruine. Il décida donc d'attendre patiemment que ses parents et ses sœurs soient couchés, puis il se releva et, pieds nus, il alla faire le guet à la fenêtre de la cuisine qui donnait sur le bois. Il compta neuf arbres, qui restèrent neuf toute la nuit, jusqu'à l'aube. Matti en conclut que Maya avait dû se tromper à cause de la peur, la tension ou, tout simplement, parce qu'elle s'était endormie et avait rêvé.

« Écoute, Matti, dit Maya quand le lendemain en classe il lui fit un rapport détaillé à voix basse, nous irons là-bas après l'école et nous recompterons pour voir combien d'arbres il y a exactement. » Ils dévalèrent la pente qui menait à la bâtisse en ruine et se mirent à compter tout haut en touchant systématiquement chaque tronc au fur et à mesure. Cette fois encore, il n'y en avait que huit, pas neuf.

Emanuela l'institutrice avait rédigé des recommandations à l'encre rouge et à l'encre noire qu'elle avait punaisées de chaque côté du tableau, entre les fenêtres et au-dessus de la bibliothèque : « La forêt est dangereuse. » « Méfiez-vous des montagnes. » « N'importe quel arbuste peut tramer quelque chose. » « Une pierre peut en cacher une autre qui n'en est pas une. » « Qui ose s'aventurer dans les vallées risque de ne jamais revenir, ou d'attraper la hennite. » « La nuit est notre pire ennemie. » « L'extérieur est semé d'embûches. »

Du matin au soir, un léger relent d'obscurité émanait du plus profond des forêts, du cœur des hautes futaies de conifères cernant le village de tous côtés. Et même en été la forêt exhalait une pénombre hivernale qui se répandait sur les maisons. Les flots tumultueux du torrent aux rives écumeuses serpentaient entre les jardins avant de se précipiter dans la vallée, comme s'ils avaient hâte de se sauver le plus loin possible, en prenant le temps de maudire le village au passage.

9

Maya et Matti étaient les seuls sur qui les forêts profondes exerçaient une telle fascination. Les interdits, les silences et le danger avaient excité leur imagination, au point qu'ils rêvaient de découvrir ce que dissimulaient les sous-bois. Matti avait d'ailleurs dévoilé son plan à Maya, car il la savait plus audacieuse que lui. Outre ce projet et leur rêve commun d'explorer la forêt, ils partageaient également un secret, un secret jalousement gardé qu'ils n'avaient dit à personne, ni à leurs parents, ni à l'institutrice Emanuela, ni aux grandes sœurs de Matti, ni à Almon, ni à Danir le couvreur, ni à un camarade ou une amie. Après s'être assurés que nul ne pouvait les entendre, Maya et Matti conspiraient en cachette. L'après-midi, ils se retrouvaient souvent dans une écurie abandonnée qui tombait en ruine, derrière la maison de Matti, à l'abri des oreilles de ses parents ou de ses sœurs, pour échafauder un projet connu d'eux seuls.

Ayant remarqué leur manège, les autres, y compris les sœurs aînées de Matti, en avaient conclu que les deux enfants étaient amoureux. Et, si c'était le cas, on ne se priverait pas du plaisir de se moquer d'eux et de les taquiner un peu. En tout temps et en tout lieu, on considère qu'un garçon et une fille qui s'isolent dans un coin, loin des autres, sont amoureux. Et cela a toujours excité la jalousie. Or la jalousie fait mal, elle enfle et dégénère en sarcasmes : un peu comme une plaie qui s'infecte et suppure.

Matti et Maya étaient à mille lieues d'y penser. Ils se prenaient pour de simples conspirateurs. Ils ne se donnaient jamais la main et n'échangeaient pas de petits sourires en se regardant dans les yeux. Et puis, bien sûr, ils ne s'embrassaient jamais, même si, à deux ou trois reprises, ils s'étaient demandé comment on procédait et quel effet cela ferait.

Mais ils ne s'étaient jamais confié leurs pensées. Ils n'y avaient jamais fait la moindre allusion. Ce n'était pas l'amour qui rapprochait Maya et Matti, mais un secret qu'ils ne pouvaient révéler à personne.

C'était à cause de leur secret et des sarcasmes que Maya et Matti se sentaient très proches l'un de l'autre et, en même temps, très seuls, car, si les autres parvenaient un jour à les percer à jour, les plaisanteries, les railleries et les quolibets redoubleraient. En effet, quiconque refuse de se fondre dans le moule, d'être comme tout le monde, souffre de la maladie du hennissement, ou du hurlement, ou de Dieu sait quoi, et alors, il a intérêt à se tenir à l'écart pour ne pas contaminer les autres.

On se moquait aussi d'Almon le pêcheur à cause du carnet où il notait ses pensées, comme de sa drôle de manie de se planter dans son jardin, matin et soir, ou de siffler son chien, sans doute mort depuis des années, sans parler de cet épouvantail inutile, au beau milieu du potager. On se moquait derrière son dos parce qu'il parlait tout seul pendant des heures, ou à son épouvantail, ou encore au torrent, à la lune ou aux nuages qui couraient dans le ciel. Et, surtout, on trouvait ridicules ses grandes réconciliations avec l'épouvantail, le mur ou le banc, au terme d'une querelle ou d'une discussion.

Les médisances n'épargnaient pas non plus la mère de Maya, la veuve Lilia, la boulangère. Les villageois ne se gênaient pas pour la critiquer en se vissant l'index sur la tempe : « Venez voir cette toquée qui a la manie d'émietter le pain invendu de la journée et d'en jeter les morceaux dans le torrent ou de les disperser entre les arbres, au cas où un poisson s'égarerait chez nous, ou qu'un oiseau se fourvoierait miraculeusement dans le ciel. »

Pourtant, les railleurs étaient les premiers à s'attarder quelques minutes au pied des arbres ou au bord de l'eau : peut-être cette fois-ci ? Sait-on jamais ? Malgré tout ? Non ? Mais, au bout d'un moment, ils sursautaient comme si on avait tapé des mains tout contre leur oreille et s'en allaient en haussant les épaules, la mine déconfite.

Mais ceux qu'on ne se privait pas de ridiculiser ouvertement, c'étaient Solina, la pauvre couturière, et Ghinom, son époux invalide, atteint de la maladie de l'oubli, qui avait rétréci à la taille d'un oreiller et bêlait faiblement comme un agneau perdu. Solina l'emmaillotait dans des langes, l'enveloppait dans deux couvertures de laine et le promenait chaque soir dans un landau à travers le village, jusqu'aux rives du torrent dont le grondement furieux lui tirait de faibles chevrotements désespérés, comme si tout était consommé.

10

Tel était leur secret : un jour, Matti et Maya étaient allés, pieds nus, ramasser au bord du torrent des galets avec lesquels la mère de Matti fabriquait de petits bijoux qu'elle vendait. À un coude de la rivière, dissimulée aux regards, un peu d'eau s'était accumulée dans une sorte de crevasse, formant un bassin sous un bloc de roches grises, une minuscule cuvette grande comme la distance entre les pieds d'une chaise, dont le fond était tapissé de plantes aquatiques. À cause de ces végétaux la lumière du soleil se brisait en mille fragments, allumant d'innombrables paillettes dorées.

Soudain, un éclair fulgura entre la végétation et les parois rocheuses, c'était incroyable, quelque chose chatoya en se tortillant, c'était inimaginable, on aurait dit le reflet d'un couteau qui s'enfonçait dans l'eau, un frétillement d'écailles miroitantes comme du vif-argent, un poisson, c'était un poisson, un poisson ? Ce n'est pas possible ! Un poisson, c'est dingue, tu l'as vu aussi, Maya, hein ? N'est-ce pas ? Parce que moi, tu sais, je suis sûr et certain que c'était un poisson, même si ça paraît incroyable. Un poisson, Maya, un poisson, un poisson vivant, nous l'avons vu toi et moi, c'en était un, il n'y a pas d'erreur. C'était bel et bien un poisson, pas une feuille, ou un éclat métallique, non, c'était un poisson, je te dis, Matti, un vrai de vrai, un poisson, sans l'ombre d'un doute, un poisson, je l'ai vu. Moi aussi je l'ai vu, c'était un poisson, tout simplement, un poisson et rien d'autre.

C'était un petit poisson, du menu fretin de la taille de la moitié d'un doigt, avec des écailles argentées, des nageoires fines comme de la dentelle et des branchies transparentes et palpitantes. Il les considéra de son œil rond, écarquillé, probablement pour leur rappeler que toutes les créatures vivant à la surface de la planète, les hommes, les bêtes, les oiseaux, les poissons, les reptiles et les autres bestioles rampantes sont très semblables malgré leurs multiples différences : nous avons tous des yeux pour distinguer les formes, les mouvements et les couleurs, nous percevons presque toute la gamme des sons et des échos et sommes capables de sentir la lumière et l'ombre par l'épiderme. Et nous discernons et classons aussi les odeurs, les goûts et les sensations. En outre, nous connaissons la surprise et la peur, éprouvons la fatigue ou la faim, et chacun d'entre nous est attiré, rebuté, paniqué ou dégoûté par quelque chose. De plus, nous sommes très vulnérables, chaque homme, reptile, insecte et poisson connaît le cycle du sommeil et du réveil, recherche son bien-être, fuit le froid ou la chaleur, possède l'instinct de conservation et évite ce qui coupe, mord ou pique. Chacun d'entre nous risque de se faire écraser comme un rien. Et tous autant que nous sommes, oiseau, ver de terre, chat, enfant, loup, faisons de notre mieux pour nous garder de la douleur et du danger, mais prenons des risques chaque fois que nous nous mettons en quête de nourriture, de divertissements, d'aventures, d'émotions fortes, ou que nous recherchons le pouvoir ou le plaisir.

« On peut dire que nous sommes dans la même galère, déclara Maya après un temps de réflexion : non seulement les enfants, le village, les hommes, mais chaque créature vivante. Tout le monde. Sans parler des végétaux dont je me demande s'ils sont ou non nos parents éloignés.

— Donc, il faudrait être vraiment stupide pour se moquer ou asticoter les autres passagers, renchérit Matti, car c'est le bateau entier qui en souffrirait. Et puisque nous n'en avons pas d'autre... »

Une seconde ou un dixième de seconde plus tard, le poisson frétilla, déploya ses nageoires délicates et, plongeant brusquement dans les eaux sombres, il se réfugia sous le couvert de la végétation.

C'était le premier animal que Maya et Matti avaient jamais vu de leur vie. À l'exception des images de vaches, de chevaux, de chiens et d'oiseaux de leurs manuels, des croquis que la maîtresse Emanuela accrochait aux murs de la classe ou des petites figurines de bois qu'Almon le pêcheur distribuait aux enfants du village.

Maya et Matti savaient que c'était un poisson, l'ayant reconnu d'après les illustrations des livres. Et ils ne doutaient pas qu'il était vivant, car ils n'avaient encore jamais vu un dessin frétiller, se tortiller, plonger et disparaître aussi vite entre deux eaux.

11

C'était le premier être vivant qui apparaissait depuis des lustres, depuis cette nuit d'horreur où Nehi le démon des montagnes avait rassemblé et entraîné pour toujours hors du village une longue cohorte d'animaux : le cheval, la colombe, la souris, la brebis et le bœuf. Submergés par une brusque vague de nostalgie et de tristesse, certains parents se mirent à imiter des cris d'oiseaux et d'animaux pour leurs enfants — des meuglements divers, le hurlement du loup dans la forêt, le roucoulement de la tourterelle, le bourdonnement de l'abeille, le claquement d'ailes des oies sauvages, le coassement de la grenouille et le hululement du hibou et du grand-duc. Le temps passant, ils contestèrent leur chagrin, alléguant que c'était pour rire, que ces bruits n'étaient pas vrais, n'étaient que des affabulations, des sornettes.

Les méandres de la mémoire villageoise étaient pour le moins curieux : des souvenirs que les gens s'évertuaient à conserver leur échappaient parfois pour se dissimuler sous les sédiments de l'oubli. En revanche, les événements qu'ils avaient décidé d'occulter remontaient à la surface. Parfois, ils se rappelaient en détail quelque chose qui n'avait pas vraiment existé. Ou bien un incident qui s'était effectivement produit un jour. Ils en étaient peinés, attristés, mais à cause de la honte ou du chagrin ils décidaient une bonne fois qu'ils avaient rêvé. Que c'était le fruit de leur imagination. « Ce n'est qu'un conte », disaient-ils alors à leurs enfants.

Ou encore : « C'était pour rire, voilà. »

Chez certains enfants, ces histoires éveillaient le vague regret de quelque chose qui s'était probablement passé ici autrefois, ou qui n'avait peut-être jamais eu lieu. D'autres, en revanche, ne voulaient rien entendre, ou, quand ils y consentaient, c'était pour se moquer de leurs parents ou d'Emanuela l'institutrice : on n'avait pas vu d'animaux dans le village depuis si longtemps que la plupart des enfants en avaient déduit que ces meuh, ces miaous, ces coin-coin, ces hi-han, ces oua-ouah, ces grrr, ces croâ-croâ n'existaient que dans l'imagination fertile de leurs parents. C'étaient des superstitions qu'il fallait rejeter pour reprendre enfin pied dans la réalité, car ceux qui vivent de fantasmes ne sont pas comme tout le monde, et qui n'est pas comme tout le monde attrapera une hennite, on le fuira comme la peste et personne ne pourra plus rien pour lui.

Danir, l'aimable couvreur aux longues jambes, le coureur de jupons, aimait à chanter en travaillant avec ses ouvriers, perché là-haut sur les toits en pente. Il ne manquait jamais de s'arrêter pour bavarder par les fenêtres ouvertes avec les gamins, comme s'ils étaient des adultes ou, au contraire, comme si lui-même était resté enfant, et il sifflotait sous les balcons des jeunes filles. Danir était le seul à qui on aurait pu demander de faire la part du vrai et du faux.

Le problème avec Danir et sa bande — les jeunes gens qui se retrouvaient sur la place durant les longues soirées d'été — était qu'on ne savait jamais s'ils vous faisaient marcher. Quand ils ne riaient pas, ils avaient l'air de se moquer. Et, si l'on essayait de leur parler sérieusement, on se retrouvait inexplicablement en train de plaisanter. Même si l'on n'en avait pas la moindre intention.

Excepté Almon le pêcheur — on ne lui prêtait guère attention, car tout le monde le méprisait —, personne au village n'aurait pu apprendre aux enfants que la réalité n'est pas forcément visible, audible ou tangible, mais souvent indiscernable, impalpable, ne se dévoilant parfois fugitivement qu'à celui qui la cherche avec les yeux de l'esprit, est capable de l'entendre avec les oreilles de l'âme ou de la toucher avec les doigts de la pensée. Or qui écoutait Almon ? C'était un vieux bavard, presque aveugle, qui palabrait à l'infini avec son affreux épouvantail à moineaux.

12

Une fois le poisson disparu, chacun avait pu lire l'étonnement et l'effroi sur la figure de l'autre — la bouche béante, les yeux agrandis, le front et les joues d'une pâleur de cire. « Tu as entendu la même chose que moi ? Tu as entendu, dis ? » Très loin, au-delà des premiers contreforts des montagnes et des versants des vallées, à la lisière des forêts accrochées aux crêtes septentrionales, avaient résonné trois ou quatre sons étouffés, fantomatiques, pareils aux aboiements d'un chien, avant de s'évanouir aussitôt.

Maya et Matti les avaient identifiés sans peine grâce à leur maîtresse, la pauvre Emanuela, la fable du village parce qu'elle courait après tous les hommes sans qu'aucun ne lui accorde jamais l'aumône d'un regard.

Quelques instants après l'incident du poisson, Maya et Matti crurent que les échos assourdis, répercutés par la montagne au nord, évoquaient un peu des aboiements. Et si ce n'était pas le cas ? S'il s'agissait d'un éboulement éloigné ? Ou d'une illusion due au vent soufflant dans le feuillage qui bruissait et gémissait à la cime des arbres ?

Qui croirait qu'ils avaient aperçu un petit poisson vivant dans le torrent ? Sans parler des aboiements qu'il leur avait semblé percevoir au loin ? On se moquerait d'eux. Parfois, le matin, dans la cour de l'école, un élève jurait à ses camarades avoir entendu quelque chose qui rappelait un pépiement. Ou un bourdonnement. Les autres refusaient d'avaler ses histoires, ils le ridiculisaient et le taquinaient. « Tu as intérêt à la fermer, et plus vite que ça, lui disaient-ils, sinon, tu vas finir comme Nimi le poulain. »

La dérision est peut-être un rempart contre la solitude. En effet, les moqueurs veulent un public, et celui qui en est la victime est toujours seul.

Et les adultes ? Était-ce parce que, depuis toujours, ils se forçaient à taire la voix de leur conscience ? Ou qu'ils se sentaient en faute ?

Matti et Maya retournèrent d'innombrables fois à cet endroit, ils se penchèrent au-dessus du petit bassin, si près qu'ils avaient presque le nez dans l'eau, mais le poisson ne reparut jamais. En vain inspectèrent-ils une à une des dizaines, voire des centaines d'anfractuosités disséminées le long du torrent, entre les rochers, dans des échancrures secrètes, là où la végétation camouflait le fond sablonneux ocre jaune du cours d'eau.

Un jour, en fin d'après-midi, quelque chose survola leurs têtes, planant haut dans le ciel qui s'obscurcissait. C'était léger et lumineux, comme un nuage poussé par le vent du soir, et cela venait de la forêt en se déplaçant lentement. Transparent et silencieux, cela passa très haut au-dessus d'eux, en direction des forêts, et se volatilisa avant que les deux enfants n'aient compris.

Quoi qu'il en soit, ils eurent le temps de distinguer quelque chose qui volait dans le ciel, sans bruit, de plus en plus haut, très loin au-dessus du village, du torrent et des forêts ténébreuses. Leurs regards se croisèrent. Et tous deux frissonnèrent en même temps.

13

Voilà comment ces enfants, Matti et Maya, telle une cellule clandestine ne comptant que deux membres, avaient fini par se convaincre que des créatures vivantes existaient quelque part. Matti était terrorisé, Maya un peu moins, et, malgré tout, la fascination de l'aventure — ils avaient bien l'intention de rechercher d'autres signes de vie — exerçait sur eux un attrait irrésistible. Ils n'avaient pas pris cette décision à la légère, car ils doutaient encore d'eux-mêmes : le petit poisson et les aboiements n'étaient-ils que le fruit de leur imagination ? Le reflet d'une feuille argentée s'enfonçant dans l'eau ? Ou un vieil arbre déraciné, au fin fond de la forêt, dont le vent aurait porté l'écho de la chute, pareil à un aboiement ? Comment et par quoi commencer ? Sans parler de la punition s'ils se faisaient prendre. Des inévitables moqueries. Et si, comme Nimi, ils attrapaient une hennite ?

Ou s'ils s'attiraient les foudres de Nehi le démon des montagnes ? Qu'il les fasse disparaître pour toujours sous les plis de son manteau noir, le triste sort réservé aux animaux qui, selon les grandes personnes, vivaient autrefois dans le village et aux alentours.

Bref, ils se demandaient par où entreprendre leurs recherches.

14

Leur intuition leur souffla la réponse : il fallait démarrer par la forêt. Cette idée les effraya si fort qu'ils interrompirent leurs conciliabules trois ou quatre semaines durant. Comme s'ils avaient honte de quelque chose qui s'était passé entre eux et préféraient feindre l'ignorance. Ou qu'ils avaient envie de tout oublier.

Mais l'idée faisait son chemin et hantait leurs rêves, la nuit. Loin de les réjouir, de piquer leur curiosité, de les enthousiasmer ou de décupler leur courage, cette perspective suscita en eux une morne certitude qui ne les quitta plus : voilà, les dés étaient jetés. Il n'y avait pas d'autre solution. Il n'en tenait qu'à eux. Ils n'avaient pas le choix.

Ils se remirent donc à parler de la forêt, du poisson dans le trou d'eau, des aboiements, du nuage passé au-dessus de leurs têtes qui n'en était pas un, et d'autres signes de vie. Leurs apartés ranimèrent les mauvaises langues qui allaient bon train. Leurs camarades, les voisines et les voisins, à qui rien n'échappait, colportèrent quantité de ragots à grand renfort de chuchotements, de clins d'yeux et de sourires entendus : « Regardez un peu ces tourtereaux. Ils se tiennent par la main, c'est sûr, et je vous parie qu'ils s'embrassent. Et peut-être même qu'ils jouent à touche-pipi, qui sait ? »

De l'avis de certains, ils s'entendaient comme larrons en foire, ces deux-là, elle avec sa toquée de mère, la boulangère qui, chaque soir, jetait des bouts de pâte dans le torrent pour des poissons qui n'existaient pas, ou émiettait du pain sous les arbres où il n'y avait pas d'oiseaux, et lui avec ses petits carnets qu'il noircissait et courait montrer ensuite à Almon le pêcheur, soliloquant entre ses quatre murs. À moins qu'il ne les fasse lire à son épouvantail ?

La rumeur se propagea comme une tache de boue noirâtre s'étalant dans une flaque d'eau, les éclaboussant l'un et l'autre. Mais Matti et Maya, insensibles aux railleries, étaient déjà passés de l'autre côté du miroir : un matin, ils se levèrent de très bonne heure et, au lieu d'aller à l'école, ils quittèrent le village et s'en furent dans la forêt.

15

Maya et Matti suivirent le torrent sans se tenir la main. Excepté à une ou deux reprises quand, afin d'atteindre l'autre rive, ils durent sauter sur des pierres glissantes, disposées dans le sens de la largeur à l'un des méandres de la rivière, ou pour éviter de glisser et de tomber dans l'eau froide. La végétation était de plus en plus dense à mesure de leur ascension, le long du cours d'eau. De loin en loin, il leur fallait écarter des branches, des arbustes et des fougères arborescentes pour se frayer un passage.

Ils avaient parfois l'impression de n'être pas seuls dans la forêt et croyaient sentir la présence de quelqu'un ou de quelque chose de grand, vaste et opaque, respirant profondément en silence derrière eux. Mais quand ils se retournaient, ils ne voyaient que le feuillage touffu virant progressivement au noir. Et ils avaient beau tendre l'oreille, ils ne percevaient que le murmure du vent dans les cimes des arbres, le tumulte de l'eau jaillissant entre les rochers et le crissement des feuilles et des branches sèches sous leurs souliers.

Souvent, des taillis inextricables les obligeaient à se baisser ou à progresser à quatre pattes. En passant devant une grotte, ils se risquaient à l'intérieur, mais ne voyaient que les ténèbres exhalant des effluves de poussière et de mousse.

Soudain, à l'entrée d'une caverne, au lieu des habituels relents de mousse, ils distinguèrent de légères volutes de fumée tandis qu'une bonne odeur de feu de bois embaumait l'air. Ils restèrent pétrifiés.

« Viens, dépêchons-nous de disparaître avant qu'on ne nous découvre, chuchota Matti à Maya.

— Oui, mais d'abord, je vais juste jeter un coup d'œil là-dedans, rétorqua Maya sur le même ton. Reste ici, Matti. Cache-toi derrière ce rocher et surveille bien l'entrée. Si tu me vois ressortir au galop, sauve-toi sans te retourner et cours à la maison. Je te rejoindrai le plus vite possible. Si je ne suis pas revenue au bout de, disons, un quart d'heure, alors ne reste pas là, file vite en tâchant de repérer le chemin et va trouver Danir le couvreur. Personne d'autre, tu as compris ? Sinon ma mère va s'inquiéter. »

Terrorisé, Matti faillit refuser, alléguer que c'était trop dangereux, qu'on ignorait ce qui se cachait à l'intérieur de la caverne, mais il se contrôla et préféra se taire, sachant que Maya était plus courageuse que lui. Il n'en était d'ailleurs pas fier et se sentait même un peu ridicule.

Maya suivit un boyau formant deux coudes et, trois marches de pierre plus loin, elle se retrouva dans une sorte de petite niche, au fond de la grotte voûtée où des ombres vives ondoyaient à la lueur des flammes, sur les parois noires de suie. Le foyer dégageait un fumet appétissant qui lui mit l'eau à la bouche. Matti hésita, puis décida de désobéir à Maya et de lui emboîter le pas : il bifurqua deux fois et descendit deux degrés de pierre, mais au troisième le courage lui manqua, il s'arrêta et, caché derrière une saillie rocheuse, il observa la scène.

Il aperçut un individu de petite taille qui, le dos tourné, s'occupait du feu. Il n'avait apparemment pas remarqué la fillette, immobile derrière lui, aux aguets, prête à bondir et à détaler à la moindre alerte.

À l'aide d'un bâton, le petit homme attisait les flammes. Il faisait cuire des pommes de terre et des oignons qu'il retournait soigneusement sur la braise en remuant et en tassant les cendres, sans cesser de parler amicalement à son feu, de l'encourager gentiment tout en se félicitant de ses talents. Il continua de la sorte sans s'arrêter de monologuer, ni repérer Maya qui se penchait pour l'examiner de plus près, pendant que Matti, toujours dissimulé derrière son rocher, affolé, surveillait le dos de Maya en se demandant quoi faire. Ses jambes aspiraient à fuir, mais son cœur lui dictait d'avancer pour prêter main-forte à son amie. Écartelé entre des sentiments contradictoires, Matti resta cloué sur place dans un renfoncement du rocher, à deux pas de Maya, quoique à bonne distance de l'inconnu, non loin de l'entrée de la grotte.

Soudain, le petit homme se retourna avec un sourire tranquille. Il n'avait pas du tout l'air surpris, comme s'il comptait recevoir de la visite et attendait de se libérer de ses tâches pour accomplir ses devoirs d'hôte.

« Maya ? Matti ? Vous voulez vous asseoir et vous reposer un peu ? Ça vous dirait de partager mes pommes de terre ? Venez. J'ai aussi des légumes, des fruits, des champignons et des noix. Mettez-vous là. »

16

Matti et Maya n'en revenaient pas. L'homme était un enfant, pas du tout inconnu puisqu'il s'agissait de Nimi, Nimi le poulain, comme on le surnommait, Nimi l'éternel enrhumé qui s'obstinait à raconter ses rêves au premier venu — des pantoufles métamorphosées en hérissons au beau milieu de la nuit ou un tuyau d'arrosage transformé en serpent ou en trompe d'éléphant, par exemple. On se moquait de lui. Un jour, il s'était enfui dans la forêt et avait vu quelque chose qui avait dû l'effrayer ou le choquer, car il avait attrapé une hennite. Par la suite, il avait cessé de parler et s'était mis à errer dans les rues en hennissant avec ses dents proéminentes écartées, et son œil larmoyant. Depuis il vagabondait jour et nuit, été comme hiver, sans toit, sans ami, sans personne. Maya et Matti n'avaient rien pu faire pour lui, pas plus que sa propre famille qui, en désespoir de cause, avait fini par se résigner.

Dire qu'ils le retrouvaient dans cette grotte : il ne hennissait plus, ne se cachait plus, ne grimpait plus aux arbres, il ne se juchait plus sur les hautes branches pour faire des grimaces, mais il leur parlait, leur tapait sur l'épaule et les invitait à partager son repas de pommes de terre rôties et d'oignons rissolés, tandis que son œil chassieux leur souriait affectueusement.

Tout en bavardant autour du feu, le ventre plein, Nimi leur avoua que ses hennissements n'étaient pas une maladie, mais un choix : excédé par les vexations, les insultes et les moqueries, il avait décidé de mener une existence solitaire et libre, sans parents, sans voisins, sans école, sans plus personne pour le martyriser ou lui dire ce qu'il devait faire ou ne pas faire : il avait choisi la solitude. Ses dents étaient peut-être de travers et trop écartées, mais il possédait une cervelle et pas un champignon vénéneux, comme ces mauvaises langues. Quand il lui arrivait de redescendre au village pour hennir dans les jardins, les gens s'enfuyaient à toutes jambes de crainte d'être contaminés. Mais ici, il était chez lui, il vivait dans cette grotte où il entassait tout un bric-à-brac subtilisé dans les cours : des livres, des bocaux, des cordes, des craquelins, des outils, des cahiers, des planches, des bougies, des fruits, des légumes et des vêtements, ramassés sur les cordes à linge. Almon le pêcheur l'autorisait à déterrer ses pommes de terre, la nuit, et à cueillir tous les fruits et les légumes qu'il voulait dans son potager.

« Tu n'as pas peur de la forêt ? Et de Nehi ?

— Si, quelquefois, surtout la nuit, mais je n'ai pas peur de Nehi, expliqua Nimi. Quand je suis ici, dans ma grotte, j'ai beaucoup moins la frousse qu'avec les autres enfants qui me détestent et me jettent des pierres ou des tuiles en hennissant pour me singer, sans parler des adultes qui me montrent du doigt : "Regardez ce pauvre gosse qui a une hennite, ils sont bien à plaindre, ses parents." Et ils interdisent aux plus petits de s'approcher de moi.

— Dis, Nimi, est-ce que tu as aperçu des animaux

dans la forêt ? Non ? Et Nehi, tu l'as vu ? Et attends, Nimi, ça existe vraiment la hennite ? »

En guise de réponse, Nimi le poulain se leva, il s'étira, leur fit un signe de la main, il renifla en souriant avec ses dents de travers et son œil larmoyant, un sourire destiné à lui-même, il passa d'un bond au milieu des deux enfants et se dirigea vers l'entrée de la grotte où, sans crier gare, il poussa un long hennissement strident, modulé, à la fois désespéré, insolent et provocant. Là-dessus, il partit au galop au milieu des grands arbres, courant et hennissant à perdre haleine, de plus en plus loin, jusqu'à ce que sa voix faiblisse et s'évanouisse dans la forêt profonde.

Matti et Maya éteignirent le feu et décidèrent de se remettre en route en reprenant le chemin, de plus en plus raide à mesure qu'il s'élevait dans la montagne, tel un étroit tunnel obscur à travers un enchevêtrement de broussailles.

Très vite, les sentiers disparurent pour laisser place à un sombre labyrinthe couvert d'une végétation luxuriante, tirant davantage sur le noir que sur le vert, où poussaient des plantes qui vous transperçaient, vous brûlaient ou vous piquaient la peau, telles des morsures venimeuses.

Matti et Maya s'efforçaient de ne pas trop s'éloigner de la rivière, mais il était malaisé d'en suivre les méandres car, en maints endroits, les bords étaient encaissés entre deux parois rocheuses. Ailleurs le torrent s'engouffrait sous terre pour reparaître là où l'on s'y attendait le moins. Mais le grondement de ses eaux leur permettait de repérer le sommet de la montagne : on aurait dit un guide irascible et tonitruant qui ne se taisait jamais, grinçait des dents dans sa course sur un lit de graviers et de galets, mugissait sourdement quand il se retrouvait prisonnier entre deux falaises ou se déchaînait en cataractes écumantes.

Quelques heures plus tard, ils l'avaient perdu de vue. La rumeur de l'eau s'était éteinte, remplacée dans les recoins de la forêt par des bruissements, des grincements et des grouillements divers, comme si quelque chose d'invisible soupirait, respirait, soufflait, chuchotait quelque part, tout près. Ailleurs, quelque chose toussotait, tandis que, plus loin, c'étaient des crissements opiniâtres — on aurait dit un rongeur doté de fortes dents qui s'interrompait de temps en temps pour reprendre haleine et recommencer.

Certains que le soir allait bientôt tomber, Maya et Matti songèrent à chercher une grotte où ils pourraient passer la nuit. Chose curieuse, la clarté du jour filtrait toujours à travers les arbres.

Matti fit halte pour récupérer et ôter les brindilles et les aiguilles de pin, collées à ses vêtements. Maya, qui le précédait, s'arrêta pour l'attendre. Elle suggéra de pousser plus loin, tant qu'il faisait encore jour.

« Dis, tu veux rentrer à la maison ? » demanda-t-elle, se doutant de la réponse.

Matti en mourait d'envie, mais il était indispensable que ce soit elle et non lui qui prenne l'initiative d'abandonner et de revenir sur leurs pas. De sorte qu'il lui retourna la question.

« Qu'en penses-tu ?

— Et toi ? »

Il hésita un moment, puis répliqua d'un ton ferme et chevaleresque :

« Je ferai ce que tu me diras.

— Heureusement que Nimi nous a donné à manger dans sa grotte, mais j'ai encore un petit peu faim et je suis fatiguée aussi.

— Alors, on rentre ?

— Peut-être, oui. D'accord. Mais pas à la maison : on va retourner chez Nimi. On y passera la nuit et on se remettra à grimper demain matin. »

Ils prirent le chemin du retour. Cette fois, Matti marchait en tête et s'évertuait à leur ouvrir un passage à travers les taillis. Les fourrés devenaient de plus en plus impénétrables. Ils avaient beau se démener, pareils à deux nageurs fendant les flots, la végétation s'épaississait. Et, au lieu de redescendre, ils se retrouvèrent sur un versant assez raide, dans les sous-bois. Il leur semblait que le jour déclinait, qu'il allait bientôt faire nuit et qu'ils ne retrouveraient jamais la grotte.

Soudain, dans le plus complet silence, une ombre noire passa très bas au-dessus de leurs têtes en frôlant les arbres à les toucher. Le ciel s'assombrit et, peu après, l'ombre disparut sans bruit. Comme si, l'espace d'un instant, un épais édredon noir avait enveloppé le monde. Les deux enfants furent saisis d'effroi devant ce prodige, terrorisés par ce jour qui n'était pas le jour et cette nuit qui n'était pas vraiment la nuit. Ni l'un ni l'autre ne souffla mot et ils poursuivirent leur pénible ascension. Brusquement, ils se retrouvèrent sur l'épaule bossue de la montagne où ils décidèrent de se reposer et de réfléchir. Mais avant, Maya décida d'aller voir un peu plus loin, car il lui avait semblé entendre un bruit d'eau.

En attendant, Matti s'accroupit entre deux rochers pour examiner une petite pierre en forme de spirale qui lui rappela un escargot. Peut-être un fossile ? Pendant ce temps, Maya grimpait toujours. Matti, qui l'avait perdue de vue et ne percevait plus le bruit de ses pas, s'abstint toutefois de l'appeler. Maya se retourna et, ne voyant plus Matti entre les arbres, se retint également de crier. L'un et l'autre avaient l'impression qu'il ne fallait pas élever la voix en ce lieu parce qu'ils n'étaient pas seuls et que quelqu'un les épiait quelque part, au cœur de la forêt. Ou volait au-dessus d'eux. À moins que, caché dans les taillis, silencieux et immobile, il ne les quitte pas des yeux. Dans le silence, Matti songea qu'il n'était pas le seul à entendre les battements désordonnés de son cœur et que la chose qui le surveillait là-bas, dans l'ombre, pouvait les percevoir aussi.

Et, lorsqu'il releva la tête et ne vit plus Maya après avoir reposé la pierre en forme d'escargot, il surprit un autre escargot, pas un fossile cette fois, ramper à ses pieds, mais le temps qu'il s'en assure l'animal avait disparu. Volatilisé dans le creux d'un rocher.

17

Après quelques secondes d'hésitation, Matti décida de ne pas bouger et d'attendre Maya au pied d'un rocher qui ressemblait vaguement à une grande hache : que se passerait-il s'il se lançait à sa poursuite ? Elle pourrait revenir par un autre chemin et, ne le trouvant pas, elle irait le chercher dans la forêt, s'égarerait au milieu des collines et ils risqueraient de tourner en rond jusqu'à la nuit tombée. Il s'adossa à la hache de pierre et patienta, à l'affût du moindre frémissement, du plus léger bruissement.

De là-haut, la forêt s'étendait à perte de vue, tel un immense rideau opaque semé de toute la palette des verts, du clair au moucheté, en passant par le vert-de-gris, le doré et le très foncé, presque noir.

Il chercha des yeux les toits des maisons, beaucoup plus loin, en contrebas, mais le village avait disparu. Il revit les vergers d'Almon, le potager et même l'épouvantail, planté au milieu des allées. Et il imagina le vieux pêcheur clopinant vers sa table, dans son jardin, se languissant de son chien, des chardonnerets, des poissons, voire des termites qui grignotaient les meubles de sa chambre, la nuit. En ce moment, il devait parler tout seul en marchant, rabrouer son épouvantail et avoir le dernier mot en grommelant dans sa barbe blanche. Et là-bas, près de la maison en ruine, Emanuela l'institutrice solitaire étendait son linge dans la cour, derrière sa chaumière. Matti savait, comme tout le monde au village, qu'Emanuela — une demoiselle entre deux âges — s'évertuait à mettre le grappin sur un homme, célibataire ou marié, jeune ou vieux. Mais personne ne s'était jamais intéressé à elle. Matti se joignait parfois aux moqueurs qui l'affublaient d'un surnom désobligeant, Emanuelapas. Matti le regrettait à présent : la solitude et le désespoir d'Emanuela l'institutrice le peinaient et lui serraient le cœur.

En repensant à la rue où se trouvait sa maison, Matti revit Danir le couvreur, à califourchon avec ses deux apprentis sur la charpente d'un toit qu'ils posaient en riant aux éclats parce qu'ils réussissaient à chanter en battant la mesure à coups de marteau.

Il se rappela aussi Solina la couturière en promenade avec son mari invalide, penchée au-dessus du landau pour arranger les couvertures, changer les langes sales ou caresser les rares cheveux blancs de son mari. Ghinom poussait des bêlements pathétiques car il se prenait pour un agneau et croyait que sa femme était sa mère, la brebis nourricière.

Et peut-être qu'en ce moment, alors qu'il était là, plongé dans ses souvenirs, la mère de Maya quittait sa boulangerie pour se rendre dans l'unique épicerie, sur la place. En chemin, elle croiserait probablement Solina et son mari, dans son landau. À son habitude, Lilia s'arrêterait pour échanger quelques mots avec la couturière à qui elle se plaindrait du mal que lui donnait Maya, cette enfant effrontée et obstinée, un vrai démon, mais pas méchante pour deux sous. « Le problème avec ma fille, c'est qu'elle a son caractère, elle sait tout mieux que les autres et il faut toujours faire ses quatre volontés. »

Après quoi, Lilia secouerait son tablier, s'excuserait — elle baissait les yeux et demandait pardon à tout bout de champ —, elle prendrait congé de Solina et de Ghinom et se remettrait à pousser sa vieille charrette dont les roues auraient bien besoin d'être huilées ou carrément changées.

Au fond, pourquoi ne le ferais-je pas moi-même à la première occasion ? songea Matti. Et tant pis pour le qu'en-dira-t-on.

Après tout, les gens pouvaient penser ce qu'ils voulaient et se moquer jusqu'à demain, Maya et lui avaient vu des choses que les autres ne pouvaient imaginer même dans leurs rêves les plus fous. À leur retour ils auraient peut-être appris quelque chose qu'on ignorait au village. Ou que personne ne voulait savoir. À moins qu'ils ne le sachent, mais feignent le contraire, exactement comme le petit Nimi qui simulait une hennite pour rester libre.

À condition qu'ils s'en sortent sains et saufs. Curieusement, la nuit qui aurait dû tomber depuis longtemps et plonger l'univers dans les ténèbres tardait à tomber. Comme si on l'avait envoûtée.

Pourvu que Maya ne se soit pas trop éloignée.

Et si elle s'était perdue ?

Ou qu'ils se soient fourvoyés dans le labyrinthe de la forêt ?

Dans combien de temps le jour déclinerait-il ?

Espérons qu'ils ne s'inquiètent pas encore à la maison. Mais cela n'allait pas tarder.

Perdu dans ses pensées et ses rêveries, Matti contempla longuement le village du haut de son perchoir en s'efforçant de surmonter l'angoisse qui le taraudait, lui hérissait le poil et lui faisait froid dans le dos : Maya n'était pas revenue. Plus tard, elle n'avait pas reparu, et beaucoup plus tard encore elle n'avait toujours pas donné signe de vie. Il était furieux : où avait-elle bien pu passer ? Était-elle rentrée sans lui ? Elle mériterait qu'il décampe en vitesse avant que tombe la nuit.

Le bruissement des grands arbres, le silence et le vent changèrent sa colère en panique. Une odeur de fin d'après-midi ou de début de soirée s'éleva dans l'air, tandis que la brise vespérale agitait les frondaisons avec force chuchotements et conciliabules avec les aiguilles de pin. Matti se leva et il s'apprêtait à redescendre à toutes jambes quand il crut entendre des chiens aboyer au loin. L'instant d'après, il lui sembla percevoir la voix étouffée de Maya qui l'appelait de très loin, du sommet de la montagne, du fond de la forêt : « Matiiii, viiiiens, viiiiens, Mattiiii, Mattiiii, viiiens iciiii, Mattiiii... »

Il ne savait sur quel pied danser. Devait-il ignorer cette voix qui était peut-être un appel au secours désespéré ou, au contraire, prendre son courage à deux mains et gravir la montagne pour répondre à ce qui n'était peut-être qu'une illusion destinée à l'induire en erreur ou à l'attirer dans un piège ? Cette voix ne venait pas du haut de la montagne, mais de son imagination car, égaré par la peur et le désespoir, il suffoquait comme si une lourde chaussure lui piétinait la poitrine.

18

Matti décida finalement d'escalader les rochers. La forêt était de plus en plus sombre et compacte, comme si les arbres se serraient les uns contre les autres pour lui barrer la route. Soudain, il aperçut un chemin sinuant à flanc de montagne, à travers d'épais taillis noirs. À mesure qu'il avançait sur le sentier zigzaguant vers le sommet, il apercevait par-delà la ligne de crête, au-dessus des arbres, le ciel qu'embrasait le soleil couchant, les lueurs d'un gigantesque incendie qui prenaient une teinte vineuse, puis la couleur des braises incandescentes. D'ici peu, un voile de gaze gris cendré s'étendrait sur le ciel et la terre.

Il découvrit alors un mur de pierre, percé d'une porte en rondins, derrière lequel s'échappaient des bruits bizarres, un brouhaha de voix assourdissantes, aiguës, graves ou voilées, fluettes et charmantes, comme des flocons de neige, des sifflements, des crépitements, des soupirs, des stridulations, des grincements, des frôlements, des sons que Matti n'avait jamais entendus, mais qu'il savait être des cris de bêtes et d'oiseaux parmi lesquels il reconnut des meuglements paisibles, des rugissements sourds et tout un chœur de gazouillis, de trilles et de pépiements. Et, au milieu de ce vacarme, il distingua la voix claire et vibrante d'enthousiasme de Maya : « Qu'est-ce que tu attends, Matti ? Ne reste pas planté là comme un piquet, ouvre la porte et dépêche-toi d'entrer. »

19

Indécis, Matti hésita. Il avait une vague impression de déjà-vu. Ce n'était pas la première fois qu'il venait ici, il s'était déjà arrêté devant cette porte, comme en ce moment, sans savoir s'il devait se sauver ou pénétrer à l'intérieur. Il avait dû alors se décider à entrer par curiosité. Aujourd'hui, il lui suffirait d'un effort de volonté pour se rappeler ce qu'il avait oublié. Peut-être aussi ce qu'il n'avait jamais vu ni su.

En regardant mieux, Matti nota que la porte était entrebâillée et il se souvint confusément que c'était pareil, la dernière fois, et qu'il en irait de même pour l'éternité. Les battants étaient légèrement entrouverts et il n'aurait qu'à les pousser pour entrer et tenter de sauver Maya.

Peut-être ferait-il mieux de tourner les talons et de s'enfuir sur-le-champ. Il dévalerait la montagne au galop sans s'arrêter ni regarder en arrière, jusqu'à la maison. Et il irait tout raconter à ses parents, à Emanuela l'institutrice, à Danir le couvreur et aux veilleurs de nuit qui se précipiteraient au secours de Maya. C'était évidemment le palais où Nehi, le sorcier des terrifiantes montagnes, retenait Maya captive. Elle était perdue et il était le seul capable de la délivrer, mais, s'il ne prenait pas ses jambes à son cou sur-le-champ, il connaîtrait le même sort. Le soleil commençait à décliner au-dessus des murailles et des crêtes boisées. S'il ne se hâtait pas de repartir, il resterait dans le noir, seul et impuissant devant la forteresse du démon de la montagne, et jamais, plus jamais, il ne retournerait chez lui.

Matti s'apprêtait à rebrousser chemin, mais la voix de Maya l'arrêta. Quand sa silhouette s'encadra dans la porte, il remarqua qu'elle serrait contre son cœur une curieuse petite boule grise. « Viens, Matti, dit-elle, n'aie pas peur. Approche, regarde, c'est merveilleux, suis-moi, Matti, allez viens, il n'y a rien à craindre, c'est tellement beau ici, tu vas voir. »

20

Matti obéit et, de plus près, il s'aperçut qu'elle tenait dans ses bras un chaton vivant : ce n'était pas une image, un jouet ou une peluche, mais une créature laineuse, un petit être doux et craintif qui le regardait avec des yeux ronds en pointant des oreilles curieuses, le museau et les moustaches frémissant comme s'il n'était pas un chat, mais un illustre philosophe, un penseur distingué dont la tâche consistait à identifier ce visiteur intempestif pour déterminer la raison de sa venue. Qu'apportait-il dans ses bagages ? Et surtout, que se passait-il là-bas, dans ces contrées inconnues, par-delà le mur ?

Effrayé, Matti recula d'un pas, car les chats, il ne les avait vus qu'en photo et on aurait dit que le corps de l'animal enflait, désenflait, se regonflait, puis se vidait, et ainsi de suite, d'une manière que Matti trouvait étrange et quelque peu inquiétante : il n'avait jamais imaginé que les créatures vivantes avaient besoin de respirer, d'emplir leurs poumons d'air, d'expirer puis d'inspirer, exactement comme nous.

Maya prit la main de Matti, fourra d'autorité ses doigts récalcitrants dans la fourrure soyeuse du petit chat et ne les lâcha qu'une fois qu'ils se furent détendus. La main se calma sous la caresse, ce fut ensuite le tour du bras, de l'épaule et, enfin, de tout le corps. Le contact du pelage duveteux le ravit, autant que celui des doigts de Maya guidant les siens le long de l'échine veloutée du chat. Comme si les doigts de son amie lui transmettaient de légers frémissements tièdes et agréables qui se propageaient depuis la paume de la fillette et traversaient le dos de la main du garçon avant de gagner la robe du chaton, lequel l'observait d'un air candide, les pupilles dilatées de surprise. L'animal ferma les yeux, imité par Matti qui sentait le petit corps frissonner au bout de ses doigts, car le chat s'était mis à ronronner de plaisir tout en poussant doucement, mais résolument, le museau et le front contre sa main pour réclamer d'autres caresses. Quand l'animal rouvrit les yeux — réduits à deux fentes couleur émeraude —, il fixa Matti comme pour lui dire : « Oui, caresse-moi encore, continue, s'il te plaît, nous aimons cela tous les deux, continue, oui, c'est ça, je t'en prie, ne t'arrête pas. »

Tout à coup, le petit chat lui décocha un clin d'œil complice, sans aucune ambiguïté, comme pour signifier qu'il était parfaitement conscient de l'attrait qu'exerçait sa fourrure sur les doigts de Matti et du plaisir que sa main, pressée entre le pelage du chat et l'étreinte de Maya, retirait de ce contact, un plaisir proche du vertige, qu'il n'avait jamais encore éprouvé, car la main de Maya effleurant le dos de la sienne, conjuguée à la tiédeur de la douce fourrure qu'il caressait, procurait au garçon de tièdes frissons délicieux.

À mesure que Matti se détendait et que son plaisir grandissait, ses craintes s'envolaient : avisant le mur entourant le jardin, il comprit qu'il se trouvait dans l'enceinte du château de Nehi le démon des montagnes. Loin de ressentir la moindre frayeur, il n'éprouva que curiosité et enthousiasme émerveillé. Il leva la tête et admira le spectacle qui s'offrait à sa vue.

21

Le jardin ombragé était un régal pour les yeux, illuminé qu'il était non seulement par les rayons du soleil couchant, mais aussi par les pinceaux d'une lumière extraordinaire, intense et polychrome. Ces rayons filtraient à travers les arbres et les buissons, les parterres fleuris, les bassins, les rivières et ruisselets cristallins qui coulaient ici et là entre les anfractuosités des rochers et au creux des gradins.

« Contrairement à ce que tu crois et à ce que j'ai d'abord pensé moi aussi, ces lumières ne proviennent pas de projecteurs invisibles, mais cette clarté féerique émane de colonies de lucioles », lui souffla Maya.

Le jardin était planté d'arbres fruitiers et ornementaux, de haies, de massifs et de pelouses. À leur pied s'étendaient des plates-bandes de fougères et autres végétaux dans un délicat arc-en-ciel de couleurs, orange, or, violet, rouge, ocre, jaune, sans oublier l'azur, le vermillon, le rose, l'ivoire et le pourpre.

Levant les yeux vers les grands arbres, Matti découvrit, entendit pour la première fois de sa vie des nuées d'oiseaux qui menaient un beau tapage, jacassant, chantant, s'interrompant les uns les autres et déployant soudain leurs ailes pour s'envoler et voltiger de branche en branche. Au bord de la rivière, dans les trous d'eau, on voyait des échassiers debout sur une patte, l'autre repliée sous le ventre, plongeant de temps à autre leur bec rose au fond de l'eau. Matti goûtait une paix profonde, jamais ressentie auparavant, excepté peut-être une vague réminiscence enfouie au fond de sa mémoire — le souvenir d'un bébé repu, emmailloté dans ses couches, les yeux clos, environné de douceur, somnolant dans les bras de sa mère qui lui chantait une berceuse de sa voix chaude.

Était-il déjà venu ici un jour ? Aussitôt après sa naissance ? Ou avant ?

Vaste et profond, le jardin s'étirait à perte de vue jusqu'aux pentes fleuries avoisinant des bosquets obscurs, des vergers et des potagers. Des ruisseaux pareils à une dentelle de fils d'argent l'arrosaient. Dominant l'ensemble, des foules d'insectes et de minuscules bestioles s'agitaient, zigzaguaient et tourbillonnaient en tous sens dans une cacophonie assourdissante de bourdonnements, de vrombissements et de bruissements, à croire qu'il leur incombait de recouvrir avec diligence le jardin tout entier d'une fine toile métallique impalpable, mince trame invisible d'où s'échappait une mélodie endiablée s'enflant dans un crescendo frénétique au moindre souffle de vent.

Au pied des massifs, des serpents biscornus rampaient en se tortillant de toute la vitesse de leurs innombrables pattes. De gros lézards indolents somnolaient, les yeux grands ouverts. Des moutons blancs paissaient placidement parmi les mottes d'herbe et les prés verdoyants en compagnie de girafes, de gazelles, de daims et de troupeaux de lièvres bondissants. Et au milieu, tels des vacanciers en villégiature, déambulaient des bandes de loups apathiques, un ou deux ours, un couple de renards à la grosse queue et un chacal pelé qui, en s'approchant sans crier gare de Maya et de Matti, leur montra une langue rouge, démesurée — on aurait dit qu'elle lui sortait au travers de la gorge, entre deux rangées de crocs luisants. L'animal frotta à plusieurs reprises sa tête effilée contre la jambe de Matti en posant sur les deux enfants son regard brun et triste, bouleversant, comme s'il les suppliait instamment. Maya finit par comprendre, elle se baissa et se mit à lui caresser le museau, à lui gratter le cou et derrière les oreilles et à le cajoler de la tête au bout de la queue.

Maya et Matti croisèrent ensuite quatre ou cinq tigres fourbus, roulés en boule dans la prairie, la tête sur leurs pattes de devant, fixant de leurs yeux verts l'immensité sereine du soir. Les bêtes somnolentes rappelèrent à Matti Almon le vieux pêcheur, assis à sa table au crépuscule dans son jardin, à moitié endormi sur son cahier ouvert, son front las posé sur son bras replié. Le garçon en conçut comme une nostalgie, l'envie soudaine de s'installer sur le banc à ses côtés pour tout lui raconter sans omettre un seul détail, ou mieux encore, de l'emmener là-haut pour qu'il se rende compte par lui-même. Qu'il touche à tout avec ses vieux doigts. Et il emmènerait également Solina et son mari, le bébé. Et Danir le couvreur, ainsi que ses deux apprentis. À tous, au village entier, à ses parents, à ses grandes sœurs, à Emanuela l'institutrice, il montrerait le jardin et les observerait en train de le découvrir pour la première fois.

Une vache s'approcha d'un pas lent et majestueux, hautaine, la robe parsemée de taches noires et blanches. L'air très digne et pénétré de son importance, elle gravit lourdement le talus en se dandinant au milieu des tigres assoupis et secoua la tête de haut en bas, à deux ou trois reprises, comme pour signifier qu'elle n'était pas du tout, mais alors absolument pas étonnée, au contraire, ses calculs s'avéraient exacts, elle ne s'était pas trompée dans ses prévisions, et elle hochait la tête tant elle était satisfaite d'avoir raison et aussi parce qu'elle était complètement et à cent pour cent d'accord avec elle-même, sans l'ombre d'un doute.

22

Les yeux écarquillés devant tant de merveilles, les enfants, fascinés, ne pouvaient détacher leurs regards des crocodiles à la carapace quadrillée, étalés au bord du bassin, des singes, des écureuils et des perroquets qui tournoyaient comme des fous au-dessus des arbres beaux à voir et bons à manger. Dans l'air transparent à peine troublé par les battements d'ailes des passereaux et les roucoulements des tourterelles, le jardin, les rivières, les prairies, la cime des arbres baignaient dans un calme ouaté, profond et douillet, une quiétude d'un autre monde et un enchantement pour les sens.

Je me demande pourquoi je suis sûr d'être déjà venu ici et comment une chose pareille serait possible, songea Matti.

La paix du soir qui descendait sur ce jardin fabuleux était si parfaite, si pure et tranquille que Maya et Matti ne remarquèrent pas la présence d'un homme plus très jeune, pas très grand, un peu courbé, tête nue, le visage hâlé et creusé d'un entrelacs étrange et compliqué de rides, les cheveux argentés retombant sur la nuque. Tranquillement adossé au tronc rugueux d'un arbre, l'homme savourait la brise vespérale en les regardant avec un petit sourire amer et distrait, comme s'il avait l'esprit ailleurs.

L'individu avait les épaules légèrement voûtées, l'une un peu plus basse que l'autre, et de grosses mains qui pendaient de chaque côté de son corps, à croire qu'il était épuisé après une longue journée de travail. Il n'était pas beau et avait l'air si timide et embarrassé qu'on l'aurait cru soulagé que Matti et Maya ne le voient pas.

Comme s'il avait honte.

Immobile, l'inconnu respirait lentement et profondément en observant le visage extasié des deux enfants dont il suivait les regards curieux, émerveillés.

L'homme esquissa un sourire énigmatique, presque rusé, qui s'ébaucha d'abord autour de ses yeux sans gagner ses lèvres, avant d'illuminer de l'intérieur les plis et les crevasses de sa figure.

Il n'avait toujours pas bougé ni prononcé une parole.

Une veine bleuâtre d'une finesse extrême palpitait contre sa tempe, tel un petit poisson nageant prudemment entre deux eaux.

Soudain, Maya l'aperçut et s'effraya. Mais elle se domina.

« Attention, Matti, écoute-moi bien, ne regarde pas de l'autre côté, lui chuchota-t-elle à l'oreille. Il y a quelqu'un qui nous surveille, je ne pense pas qu'il soit dangereux, il a juste l'air un peu bizarre. »

23

« L'air un peu bizarre, hein ? répéta l'homme avec un sourire méfiant. C'est exactement ce que les gens disaient de moi quand j'étais petit, il y a des années, avec une grimace moqueuse et l'air dégoûté : "Il est un peu bizarre." Et parfois on ajoutait : "Regardez, vous voyez, c'est le débile qui arrive !" C'était il y a très longtemps, vous n'étiez pas encore nés et vos parents avaient à peu près votre âge.

« Et moi qui voulais tellement qu'on m'accepte, qui m'ingéniais à ressembler aux autres, et plus encore si c'était possible. J'avais beau m'acharner, je ne réussissais qu'à m'attirer le mépris général. »

L'inconnu s'approcha, mais au bout de quelques pas il hésita, se ravisa et s'arrêta au pied d'un figuier : peut-être craignait-il de les effrayer ou de leur faire horreur. À moins qu'il n'ait eu de la peine à avancer. Voyant que les enfants ne se sauvaient pas, serrés l'un contre l'autre, réduisant un peu plus la distance qui les séparait, il annonça avec un sourire dans la voix, les yeux baissés vers le sol :

« Vous avez bien fait de venir. »

Et d'ajouter :

« Tenez, il y a du sirop de grenadine, ou de l'eau des glaciers. Vous en voulez ? Servez-vous. »

« Attention, Maya, glissa Matti. Ne touche pas à ces trucs en bois. Peut-être que c'est dangereux. On ne sait jamais. »

Mais Maya mélangea de la grenadine avec de l'eau glacée dans un bol en bois, elle but, éclata de rire et s'essuya les lèvres du revers de la main.

« Je m'appelle Maya, déclara-t-elle. Lui, c'est Matti. Il croit que vous êtes un sorcier. Est-ce que c'est vrai ? Tu peux boire, poursuivit-elle à l'intention de Matti. Goûte. C'est frais et délicieux. Tu ne vas pas attraper la hennite, ne t'inquiète pas. Regarde les animaux. Cet homme n'a pas l'air de les effrayer. »

Sans répondre, Matti saisit le bras de Maya pour l'obliger à reculer. Mais Maya résista et se libéra d'un mouvement brusque.

L'inconnu émit des sons étouffés, modulés, qui ne ressemblaient pas à des mots. À son appel, une multitude de soui-mangas enthousiastes et bavards, le plumage doré et vert turquoise constellé d'azur, vinrent se percher sur les épaules de Matti et de Maya.

Une fois les oiseaux rassemblés autour d'eux, l'homme raconta à ses hôtes que, bien des années auparavant, quand il était enfant, ses camarades l'évitaient comme la peste.

« Dans chaque classe, dans n'importe quel groupe, expliqua-t-il, il y a toujours un souffre-douleur, un malaimé, un exclu qui s'obstine à suivre les autres partout. Toujours à la traîne, à l'écart, gêné et gauche, mais imperméable aux insultes et aux rebuffades, il ferait n'importe quoi pour leur être agréable, pour qu'on le tolère, il serait prêt à leur servir de larbin, à faire le fou, le pitre pour amuser la galerie, il se fiche qu'on se moque de lui ou qu'on le maltraite et il serait même capable d'offrir son cœur meurtri. Mais personne ne s'intéresse à lui. Sans raison aucune : on ne veut pas de lui, point final. Qu'il leur fiche la paix, et le plus vite possible. Ouste. Il n'est pas comme eux, il détonne dans le paysage. Il ferait mieux de débarrasser le plancher, parce que, franchement, il est de trop ici.

— On en connaît un comme ça ! s'écria Maya. Il s'appelle Nimi. Nimi le poulain.

— Non, Nimi, c'est différent, objecta Matti. Nimi a la hennite. On l'évite parce qu'on a peur de l'attraper. » Il se pencha vers Maya. « Il va bientôt faire nuit, soufflat-il. Il faut trouver le moyen de filer tout de suite.

— Filer ? répéta Maya. Mais la grille est ouverte et personne ne nous retient. Retourne chez toi si tu veux, puisque tu es si pressé. Moi je reste ici. Il y a encore des tas de choses à voir.

— Voulez-vous vous asseoir sur cette pierre ? proposa l'inconnu. Encore un peu de grenadine ? Ou du jus de figue ? Tu sais, Matti, tu n'as rien à craindre de la pénombre, la nuit va tomber un peu plus tard pour nous laisser le temps de bavarder encore un peu. Oh, et vous n'avez aucune appréhension à avoir, elle se vexe quand on a peur : cette taupe est très très vieille, et sourde comme un pot. C'est en votre honneur qu'elle a pris la peine de sortir de sa tanière pour vous sentir. Je vous en prie, installez-vous tranquillement et laissez-la faire. Ses oreilles et ses pattes sont merveilleusement fines et voyez comme son museau rose palpite, on dirait les battements d'un cœur en émoi. Votre odeur lui rappelle des souvenirs d'avant la naissance de ses parents. »

Le regard de Matti erra de la taupe à l'homme avant de revenir à la taupe. Il avait encore la vague impression qu'il était déjà venu ici, que cela lui était arrivé un jour, et il avait beau fouiller dans sa mémoire, il ne parvenait pas à s'en souvenir. Mais il se rappelait avoir oublié. Cet homme, croyait-il, était un solitaire. Peut-être était-ce une illusion ? Et si c'était un piège ? Matti, en effet, avait eu la vision fugace d'une étincelle de malice, de méchanceté larvée sur la face ridée de l'inconnu au moment où il avait affirmé en riant que l'obscurité tarderait un peu à tomber pour qu'ils puissent continuer à discuter.

Aurait-il l'intention de les retenir prisonniers ici ? Pour toujours ?

Les mains veinées de l'homme ressemblaient à des racines enchevêtrées refusant de lâcher prise.

Et si ce sorcier avait l'intention de les garder pour se venger de leurs parents et de tout le village ? Et si, en plus, il allait leur jeter un sort et les changer en animaux ?

« Il va bientôt faire nuit, dit Matti. Je veux rentrer à la maison.

— Pas moi, riposta Maya. Je reste ici pour voir et entendre. »

24

À l'âge de dix ans et demi environ, poursuivit l'homme, il avait quitté la société des autres enfants et des adultes pour passer son temps en compagnie des chats, des chiens et des chevaux avec qui il avait appris à communiquer dans leur langue.

Au bout de deux ou trois semaines, le village ayant décrété que le malheureux gosse souffrait de hennite, tout le monde s'écartait sur son passage. Ses parents avaient fini eux aussi par le repousser tant ils se sentaient gênés : on les montrait du doigt, leur fils était la honte de la famille et, en plus, ils avaient très peur qu'il ne contamine ses jeunes frères.

Finalement, ses parents et les villageois l'avaient laissé vivre à sa guise dans la forêt, libre comme l'air et le vent.

« Grrr ! » fit l'homme d'une autre voix. Aussitôt, un énorme ours brun et velu jaillit lourdement de la végétation, il frotta sa grosse tête contre la main de l'homme, fixa Matti et Maya de son bon regard d'ours humide, amical, humble, timide et un peu surpris, comme s'il voulait se justifier : « Pardon, disaient ses yeux, ne vous fâchez pas, mais je ne comprends rien à ce qui se passe, je suis navré, je suis dans le noir le plus complet, excusez-moi, mais ne comptez pas sur moi, je ne suis qu'un ours après tout. »

Là-dessus, l'animal se retourna gauchement sur son vaste dos, les pattes en l'air, et commença à gratter sa fourrure sur le tapis d'herbe en grognant d'une grosse voix couleur brun foncé, une voix hivernale, chaude et profonde. Matti recula d'un bond en saisissant Maya par le bras pour la tirer en arrière, mais cette fois encore elle se rebella.

« Arrête, fiche-moi la paix. Rentre si ça te chante, personne ne t'en empêche. Mais moi, j'ai envie de faire plus ample connaissance.

— Toi, c'est Maya, et toi, Matti, dit l'homme. Je m'appelle Nehi. Je suis le démon des montagnes. Le sorcier. Je vous présente Shigui. N'ayez pas peur. C'est un grand enfant, cet ours. Il est capable de se mettre à danser sous une pluie battante, il chasse les mouches avec son embryon de queue, il va se cacher dans les broussailles au bord de la rivière où il s'amuse à asperger qui passe par là pendant des heures. Ne m'interromps pas, Shigui, je parle.

« Avec le temps, poursuivit Nehi, j'ai appris le langage des tourterelles, des grillons, des grenouilles, des chèvres, des poissons et des abeilles. Quelques mois plus tard, quand j'ai commencé à mener une existence solitaire dans les montagnes, dans la forêt, j'ai tâché d'apprendre le langage de toutes sortes d'autres animaux. Ce n'était pas difficile, parce que les bêtes et les oiseaux ont beaucoup moins de vocabulaire que nous, ils ne possèdent que le présent, pas le passé ni le futur, emploient seulement des substantifs et des interjections, rien d'autre.

« Au fil des années, je me suis aperçu qu'ils savaient aussi mentir pour se garder d'un danger, se vanter ou impressionner la galerie, tromper leur proie ou l'intimider, ou tout simplement pour séduire ou faire leur cour. Comme nous.

« Ils ont également des mots pour exprimer la joie de vivre, l'enthousiasme, la surprise et le plaisir. Même les créatures que l'on croit muettes, tels les papillons, par exemple, les lucioles, les poissons, les escargots : ils ont eux aussi des mots qui ne se prononcent pas, mais qui s'expriment à l'aide de légers frémissements, seulement perceptibles par l'épiderme, la fourrure ou le plumage, pas par l'ouïe. Ils ressemblent aux rides concentriques produites par la chute d'une feuille à la surface des eaux calmes d'un lac.

« Certains animaux ont des mots pareils à des prières : des remerciements au soleil, au vent, à la pluie, à la terre, la végétation, la lumière, la chaleur, la nourriture, les odeurs et l'eau. Et il y a aussi des mots pour exprimer la nostalgie. Mais il n'en existe aucun pour humilier ou offenser. Non. »

L'homme posa ses grandes mains lasses sur l'échine d'une petite chèvre, roulée en boule contre la fourrure tiède de Shigui, l'ours. « Si vous voulez, les enfants, vous les apprendrez vous aussi au fur et à mesure. Comme l'a fait Nimi avant vous. Mais oui, Nimi le poulain, l'éternel enrhumé, celui dont vous autres dites qu'il est atteint de hennite. Au fond de votre cœur, vous savez bien que cette maladie n'existe pas : on l'a inventée pour vous empêcher de l'approcher, pour l'isoler. Désormais, Maya et Matti, vous êtes nos hôtes, les miens comme ceux des animaux qui vivent avec moi dans ce jardin et dans notre palais de la montagne.

« Vous allez rester ici. Avec nous. »

L'homme fit une pause avant de poursuivre d'une voix

changée, très calme, d'un ton qui n'admettait pas de réplique.

« Venez avec moi. »

Il ne prit pas la peine de s'assurer qu'ils le suivaient et se dirigea d'un pas tranquille vers la maison, sans un regard en arrière, en reprenant le fil de son discours. Il leur apprit que, des années auparavant, il était tombé amoureux d'une fille de sa classe, Emanuela, mais qu'il ne lui avait jamais avoué ses sentiments parce que la cause était désespérée. Il n'en avait parlé à personne de peur que ne redoublent les vexations, les affronts et les moqueries, si d'aventure on venait à apprendre son secret.

Maya et Matti accompagnèrent Nehi, Shigui, l'ours, et Sisa, la chevrette, dans la maison. Ils s'aperçurent que l'endroit n'avait rien d'un palais. C'était une immense pièce unique, haute de plafond, bâtie avec des poutres non équarries et meublée très sommairement — des meubles faits de troncs d'arbres et de grosses branches où adhérait encore l'écorce rugueuse.

L'homme installa Maya et Matti à une table de bois massive sous laquelle l'ours et la chèvre s'endormirent, serrés l'un contre l'autre. Et par une nuit pluvieuse et brumeuse, leur raconta-t-il, il avait quitté le village et sa maison. Au début, il s'était caché dans la forêt, puis il avait trouvé refuge ici, dans la montagne, en compagnie des animaux qui l'aimaient, le soutenaient et le protégeaient, parce qu'ils avaient souffert eux aussi, en bas, au village, où il n'était pas rare qu'on les maltraite.

« Cette nuit-là, nous avions gravi la cime de la montagne à travers les forêts, expliqua l'homme, parce que les bêtes avaient décidé de venir vivre ici, avec moi. Venez à la fenêtre découvrir le domaine qui sera désormais le vôtre. Les fruits les plus exquis poussent ici, et l'eau de la rivière qui provient de la fonte des neiges est aussi pure que le son d'une flûte. Voyez ce petit bassin là-bas, vous pourrez tout à l'heure vous déshabiller et vous y baigner. Vous n'avez pas à être gênés d'être nus ici : au fond, nous le sommes tous sous nos vêtements, mais depuis notre plus tendre enfance on nous a appris à dénigrer la vérité et à glorifier le mensonge. On nous a enseigné à nous contenter de ce que nous avons, à condition que les autres en soient privés. Et, pis encore, on nous a habitués, depuis notre prime jeunesse, à nourrir des pensées malsaines qui commencent toujours par : "Mais tout le monde..." »

L'homme eut un sourire triste et médita quelques instants.

« Ici, chez nous, il n'y a rien de plus abject que le sarcasme.

« Et pourtant, il m'arrive souvent de me réveiller la nuit pour descendre me venger des villageois, ajouta-t-il sombrement, sur un autre ton. Je les terrorise. Je passe comme un spectre devant leurs fenêtres obscures. Je fais grincer le plancher pour ébranler les poutres du plafond et provoquer des cauchemars. Pour qu'ils se réveillent en sursaut, ruisselants de sueur, persuadés d'avoir contracté une hennite. Et, de loin en loin, j'attire à moi des enfants. Comme Nimi le poulain. Ou vous-mêmes. »

25

« Mais pour quelle raison vous êtes-vous sauvé ? questionna Maya après un moment d'hésitation. Pourquoi n'avez-vous pas cherché à vous faire des amis ? Ou une amie ? Avez-vous essayé de changer quelque chose ? De vous transformer vous-même ? N'avez-vous jamais tenté de comprendre pourquoi on se moquait de vous ? Et pourquoi de vous justement ? Est-ce que je pose trop de questions ? Non ? Ma mère déteste quand je fais ça. "Qu'est-ce que c'est que cet interrogatoire ? me dit-elle. Ça suffit. Tu vas finir par lézarder les murs, à force." »

L'homme prit son temps sans regarder Maya ni Matti, les yeux fixés sur l'extrémité de ses doigts, ses ongles larges et noirs.

« C'était difficile, fut sa réponse laconique. Tu sais, je passais ma vie à poser des questions moi aussi, comme toi, ajouta-t-il après une pause. Mais à chaque fois les rires redoublaient. Alors les murs de la maison ont fini par s'écrouler tellement ils étaient fissurés.

— Arrête, Maya, dit Matti.

— Pourquoi est-ce que j'arrêterais ? Tu ne vois pas qu'il s'apitoie sur son sort et oublie qu'il nous a porté malheur ? Même aujourd'hui, après toutes ces années, il se dérobe quand on lui demande pourquoi il s'est sauvé.

— Nimi a fait la même chose, riposta Matti. Et les animaux aussi. Les gens sont cruels, ils se moquent, tu sais bien comment c'est. J'ai très souvent pensé m'en aller moi aussi, quitter la maison, mes parents, mes camarades, les adultes, mes sœurs, tout le monde. Ils croiraient que j'ai attrapé la hennite. Et je m'en irais vivre dans une grotte, au milieu de la forêt, là où personne ne me dira ce que je dois faire ou ne pas faire, et s'il faut avoir honte de ceci ou de cela.

— Oui, mais quand tu rêves de partir, Matti, tu ne penses pas à emporter avec toi les plantes, l'eau ou la lumière. Et il ne te viendrait pas non plus à l'idée de venir te venger la nuit. »

Nehi rompit le silence qui était retombé :

« Au fond, vous vous êtes bel et bien enfuis, tous les deux. Et à l'heure qu'il est le village doit être en émoi à cause de vous, sans parler de vos parents qui sont sûrement désespérés, anéantis. »

26

Les deux enfants passèrent la soirée en compagnie de Nehi le roi des forêts. Le jour n'en finissait pas de tomber, comme s'il était ensorcelé. À la douce clarté du soleil déclinant succédèrent, beaucoup plus tard, les lueurs du couchant, puis, après une période indéterminée, ce fut le tour du crépuscule qui s'étira interminablement, illuminant le ciel d'un kaléidoscope de couleurs délicates, comme si, là-haut, le temps s'était arrêté. Effacé. Une fois pour toutes. De l'intérieur, comme on l'a dit, on voyait qu'il ne s'agissait pas d'un château, mais d'une vaste maison basse en rondins, entourée d'un jardin. Matti et Maya s'y promenèrent, puis regagnèrent la demeure où ils burent, mangèrent et devisèrent un moment avant de ressortir retrouver les animaux, les oiseaux, les bestioles rampantes et les autres reptiles. Pour tenter de leur faire oublier leur première frayeur, Nehi s'efforçait de les distraire en redoublant de gentillesse, leur offrant des fruits juteux, inconnus. La lumière diminuait, mais le ciel tardait à s'assombrir. Le soir allait et venait en soufflant de plate-bande en plate-bande entre les allées du jardin, hésitant entre persister et disparaître.

Ce n'était ni le jour ni la nuit.

Il en avait un souvenir confus, mais se remémorait avoir déjà vécu un moment assez semblable à celui-là, se dit Matti, un temps qui n'était ni jour ni nuit, ni lumière ni absence de lumière, et n'était d'ailleurs pas du temps, mais une enveloppe bienveillante qui l'enveloppait entièrement. Était-ce un rêve ? Une maladie ? Quand il était enfant ? Délirant de fièvre ? Ou encore bébé ? Ou même plus tôt, avant sa naissance ?

Dès l'âge de quatre ou cinq ans, Nehi, qui était encore le petit Naaman, prenait grand soin des animaux qu'il n'oubliait jamais de nourrir, y compris les mouches, les fourmis ou les poissons du torrent.

« C'est pour ça qu'on vous cherchait des crosses », dit Maya.

Dans sa bouche, ce n'était pas une interrogation, mais une affirmation.

« Personne là-bas n'a oublié, intervint Matti. On ne se rappelle pas. Il faudrait inventer un mot, un mot spécial qui voudrait dire en même temps se souvenir et oublier. Quelquefois, quand ça leur prend, les parents se mettent à imiter des cris d'oiseaux ou de bêtes pour leurs enfants. Mais au bout d'un moment ils se ravisent et s'empressent d'expliquer que les animaux sont des contes à dormir debout. Et puis ils se mettent à soupirer qu'Emanuela notre maîtresse nous farcit le crâne avec les lubies qui lui passent par la tête, la malheureuse. »

En entendant Matti suggérer de créer un nouveau mot signifiant à la fois la mémoire et l'oubli, Maya pensa à sa mère Lilia qui, à la fin de la journée, émiettait du pain pour des oiseaux inexistants et jetait de la mie aux poissons qui avaient depuis longtemps déserté la rivière. Or la nuit approchait. À cette heure, sa mère était déjà parvenue au bord de l'eau et on allait bientôt s'inquiéter de leur absence. Et si, en bas, les jours avaient succédé aux nuits et les nuits aux jours, les matins aux soirs et les soirs aux matins, et que tout le monde désespérait de les revoir parce que le temps s'était arrêté uniquement ici ? Seul le torrent ne s'accordait jamais de repos, songea encore Maya, sinuant nuit et jour à travers les jardins du village. Les rives blanchies d'écume, il se lançait obstinément à l'assaut de la vallée, comme s'il voulait se sauver en aval, vers de paisibles contrées, et ne s'attardait là que pour leur jeter l'anathème.

« Il va falloir rentrer, déclara Maya. Ils doivent s'inquiéter là-bas. Ils vont penser qu'il nous est arrivé malheur.

— Attends au moins la fin de l'histoire, supplia Matti.

— Nous allons demander à la nuit de patienter encore un peu, proposa l'homme. De toute façon, nous nous sommes entendus avec le soir pour qu'il prenne son temps. »

27

« Emmener tous les animaux, c'était très mal, décréta Maya. Vous avez même pris ceux qui n'avaient jamais été maltraités. Et aussi ceux qui étaient choyés et chérissaient leur foyer, comme le chien d'Almon, par exemple, ou la chatte et les trois chatons d'Emanuela. À mon avis, kidnapper les bêtes était encore plus cruel que les humiliations que vous avez subies. Et quand vous avez décidé d'exercer des représailles vous êtes-vous jamais demandé de qui vous vous vengiez réellement ? Des mauvaises langues ? Des bourreaux d'animaux ? Ou alors d'Almon, de Solina, de ma mère ou d'Emanuela, que vous prétendiez aimer ? »

Nehi haussa les épaules et rentra le cou. On aurait dit qu'il enlaidissait à vue d'œil. Ses mains s'agitèrent comme si elles cherchaient quelque chose, voulaient se libérer de leur condition, se cacher, échapper à leur maître pour ne plus jamais revenir. Et, quand Maya évoqua le nom d'Emanuela, Nehi esquissa le pauvre sourire un peu vil d'un méchant homme en quête d'un peu de compassion.

« Vous n'êtes pas bien ici ? s'écria-t-il, vexé. Vous ne voulez pas rester ? Encore un petit moment ? Bon. Eh bien, partez. Je m'en moque. Allez-vous-en. Je ne suis pas seul ici. Allez, allez. Je retiendrai la nuit jusqu'à ce que vous rentriez chez vous. Allez-y. Ça ne fait rien. Allez. Si je voulais vraiment me venger, je vous garderais ici pour toujours. Ou, en tout cas, je répondrais à vos questions par d'autres de mon cru, non moins embarrassantes. Par exemple, pourquoi permettez-vous à vos parents de vous imposer silence chaque fois que vous cherchez à savoir ce qui s'est réellement passé avant votre naissance ? Et pourquoi les laissez-vous changer de sujet, parler d'autre chose ? Préférez-vous rester dans l'ignorance ? Auriez-vous peur ? Mieux vaut qu'ils vous mentent plutôt que de partager leurs secrets avec vous ? Pas seulement avec vous deux, mais avec tous les enfants du village. C'est très commode que vos parents gardent leur honte et leur mauvaise conscience pour eux et ne vous en salissent pas, hein ? À moins que vous n'ayez deviné la vérité, mais qu'elle soit trop effrayante ? Parce que, si vous aviez vu juste, personne n'aurait plus jamais eu le droit de dénigrer ni de ridiculiser qui que ce soit. Mais comment vivre si on ne peut plus s'amuser à humilier quelqu'un ? Le torturer, le mépriser, le piétiner un peu ?

— Tenez, Nehi, maintenant c'est vous la mauvaise langue, dit Maya. On dirait que ça vous réjouit, je me trompe ? »

28

À force de solitude, Naaman avait appris le langage des animaux. Quelques années plus tard, quand le village crut qu'il avait la hennite et se mit à le traiter en paria et à lui lancer des tessons de brique et des pierres, il se réfugia dans une grotte, dans la montagne, subsistant de champignons et de baies sauvages. La nuit, une fois les habitants claquemurés chez eux, il arpentait les rues enténébrées comme une ombre.

Il s'y aventurait encore de temps à autre. Quand il faisait nuit noire. Lorsque tout le monde était barricadé derrière ses volets et ses barreaux de fer. Il allait errer dans le village parce que, là-haut, il se sentait parfois un peu morose en dépit de son amour des animaux et des merveilles de la montagne.

Les nuits sans lune, il déambulait dans les ruelles vides. Parfois, Nimi l'accompagnait et, sur la pointe des pieds, tous deux s'approchaient d'une fenêtre pour épier à travers les persiennes une famille se préparant pour la nuit. Ils se plaisaient à écouter, derrière les rideaux, l'histoire qu'un père lisait à sa fille avant de dormir, ou la berceuse qu'une mère chantait à son petit garçon, assise au bord de son lit, une mélodie si poignante que Nehi en avait le cœur serré. Il aimait surprendre par une fenêtre entrouverte les bribes de la conversation ensommeillée d'un couple, buvant une tisane dans la tiédeur de sa chambre. Ou lorsque les époux lisaient en échangeant de temps en temps quelques mots qui bouleversaient Nehi et faisaient fondre Nimi en larmes. Des propos somme toute banals, tels que, par exemple : « Tu sais que ce peignoir à fleurs te va très bien ? » Ou : « Je suis très contente que tu aies enfin réparé l'escalier de la cave, merci beaucoup. » Et encore : « L'histoire que tu as racontée au petit ce soir avant qu'il aille se coucher était très jolie, très sensible, cela m'a rappelé mon enfance. »

« Je me promène la nuit dans les jardins déserts pendant une heure ou deux, seul ou en compagnie de Nimi, en attendant que s'éteigne la dernière lumière à la fenêtre d'Almon, précisa Nehi. Eh oui, je suis un peu jaloux. J'envie ce que je n'ai pas eu et ne posséderai jamais.

— On dirait que c'est plutôt triste ici aussi, quelquefois », constata Maya.

29

« Mais je ne les ai pas tous emmenés, se défendit Nehi. Loin de là. Une nuit, les animaux ont quitté le village pour me suivre dans les forêts, là-haut, dans la montagne. Ceux qui aimaient leur maître ont beaucoup hésité à venir, comme Zito, le chien d'Almon le pêcheur, ou Tima, la chatte tigrée d'Emanuela, et ses chatons. Ils ont finalement décidé de se joindre à nous : non parce que je leur avais jeté un sort ou que je voulais me venger, mais parce que les bêtes aussi avaient peur — cette peur qui vous est familière — de ne pas être comme les autres, de rester en arrière quand tout le monde s'en va ou de partir quand tout le monde reste. Personne ne veut se dissocier du groupe ou se séparer du troupeau. Si l'on en vient à s'éloigner ne serait-ce qu'une fois ou deux, on ne vous laisse plus revenir. Parce que vous avez attrapé la hennite. »

Au début, Naaman avait construit une cabane de branchages dans une clairière, au sommet de la montagne. Chaque jour, ses compagnons, les animaux, veillaient à pourvoir à ses besoins : les brebis et les chèvres lui offraient leur lait, les oiseaux lui apportaient des œufs, les abeilles lui fournissaient du miel, le torrent lui procurait l'eau des glaciers, les écureuils ramassaient pour lui des fruits et des baies sauvages, tandis que les mulots déterraient des pommes de terre. Et des colonies de fourmis lui ramenaient des grains de blé récoltés dans les champs, au fond de la vallée, pour qu'il puisse confectionner du pain. Les loups et les ours le protégeaient. Des années et des années durant, il vécut de la sorte, loin des hommes, entouré de l'affection des bêtes, grandes et petites. Les grenouilles tronquèrent son nom en Naha que les crocodiles et les oiseaux de nuit prononçaient Nehi.

30

Des années auparavant, au fond d'un vallon dissimulé derrière sept montagnes et sept vallées encaissées, Nehi avait découvert au cours de ses errances un arbuste où poussaient des baies blanches et pourpres au goût de viande. Nehi appela ces fruits des carnélias. Il sema et cultiva des graines de carnélier aux quatre coins de la forêt où elles poussèrent et se multiplièrent, car il s'était aperçu que les carnassiers semblaient apprécier la saveur de ces fruits et ne rechignaient pas à en manger, de sorte qu'ils n'avaient plus besoin de dévorer des créatures plus faibles pour se nourrir. Ils n'en avaient d'ailleurs plus guère envie. Et c'est ainsi que Nehi apprit progressivement au tigre à jouer avec les chevreaux, et au loup à surveiller les troupeaux de moutons, voire à dormir parmi eux pour se réchauffer contre leur douce toison, les nuits fraîches. Aucune bête ne chassa plus dans ces forêts, et les animaux n'avaient plus peur des prédateurs. Même s'ils ne les avaient pas complètement oubliés.

31

Après une dernière promenade dans le jardin, Maya et Matti avaient appris à dire quelques mots dans le parler des moineaux, une phrase ou deux dans la langue des chats et des vaches, et ils arrivaient même à saisir certains termes dans l'idiome des abeilles. Nehi et tous les hôtes du jardin insistèrent pour qu'ils restent avec eux au moins quelques semaines encore.

Matti saisit la main de Maya.

« Ils doivent s'inquiéter là-bas, s'insurgea-t-il. On ne peut pas leur causer une peur pareille. »

Matti venait de se rappeler qu'en ce moment même, à la tombée de la nuit, tout le monde se barricadait chez soi : on fermait les volets et on verrouillait les portes à double tour. Leurs parents devaient se faire du souci, on avait dû se mettre à leur recherche avec des torches électriques et, en désespoir de cause, chacun était rentré s'enfermer à l'abri des barreaux et des persiennes de fer.

Maya et Matti prièrent Nehi de leur procurer une biche agile, ou un chien, pour les guider sur le chemin du retour. Bien entendu, ils lui promettaient de ne rien raconter à personne, jamais, à aucun prix, ils ne diraient mot de ce qu'ils avaient vu ou entendu dans la cachette du démon des montagnes et ne révéleraient aucune des merveilles découvertes dans le jardin.

Nehi leur adressa son sourire méditatif, réservé, presque timide et triste, un peu chafouin, qui ne s'affichait pas sur ses lèvres mais sur les ridules au coin des yeux avant de gagner les sillons creusant ses joues pour papillonner aux commissures de la bouche. Il n'avait nul besoin d'une telle promesse, affirma-t-il. Parce que, même s'ils en parlaient en donnant mille détails, qui les croirait ? Ils ne s'attireraient que les rires et les moqueries s'ils se mettaient à décrire ce qu'ils avaient vu : le châtiment des sceptiques consiste à ne se fier à rien, voire à douter de leurs propres doutes. Quant aux suspicieux, ils sont condamnés à se méfier de tout et de n'importe quoi. Y compris d'eux-mêmes et de leurs soupçons.

« Lorsque Emanuela l'institutrice ou Almon le pêcheur nous racontent des histoires d'animaux, tout le monde, petits et grands, se moquent d'eux, dit Matti. Il arrive qu'un adulte oublie ses railleries, peut-être est-il bourrelé de remords ou nostalgique, et le voilà qui parle de ce qu'il vient de démentir. Quand quelqu'un s'y met, les autres lui tombent dessus pour le faire taire. Mais ce n'est jamais le même qui commence. Un beau matin, à son arrivée à l'école, un élève confie à ses camarades qu'à l'aube, à moitié endormi, il a cru entendre au loin quelque chose qui gazouillait, bourdonnait ou stridulait. On lui crie de se taire et qu'il arrête de leur casser les pieds. Est-ce parce que nos parents ont tellement honte qu'ils nient tout en bloc ? Ou est-ce une façon de surmonter le chagrin ?

« Quoi qu'il en soit, j'ai l'impression que personne n'a vraiment oublié ce que tout le monde a décidé d'oublier. »

Nehi les pria de lui décrire la vie du village durant la journée. En effet, il ne s'y aventurait qu'à la faveur de la nuit.

« Vous voulez bien me parler de la place pavée au crépuscule, durant les longues soirées d'été ? À l'heure où Danir le couvreur et ses apprentis s'y rendent en compagnie d'autres garçons et filles pour bavarder, siroter une bière, rire ou chanter ? Et comment se porte Almon le pêcheur ? Fabrique-t-il toujours des animaux en bois ? Une fois, j'ai eu beaucoup de mal à patienter jusqu'à minuit tant j'avais envie de revoir son potager en plein jour. Les bras en croix, j'aurais pris la place de l'épouvantail, et puisque Almon est à moitié aveugle il n'y aurait vu que du feu et on se serait mis à bavarder.

« De quoi discutent les femmes chez l'épicier ? Les lavandières qui tiennent conseil au bord du torrent ? Comment va Emanuela ? Et les anciens qui s'installent vers dix heures du matin sur un banc près de l'eau pour fumer une pipe ? Si je ne craignais pas qu'ils s'enfuient à ma vue, je viendrais bien les voir pendant la journée. Juste une fois. Je me glisserais parmi eux pour les écouter ressasser leurs souvenirs et humer l'odeur du tabac. Peut-être certains se souviennent-ils encore de moi ?

— Qui se souvient s'expose à la risée générale, affirma Maya. Et qui ne dit mot se tait. »

32

« Figurez-vous un peu ce qui se passerait le jour où vous reviendriez, Nehi, avec tous les animaux partis à votre suite il y a des années, dans la montagne, dit Maya, s'adressant autant à Matti qu'à Nehi qui, aux dernières lueurs du couchant, les reconduisait au village par le chemin serpentant à travers la forêt. Vous imaginez la stupeur, l'affolement, le choc, mais aussi la joie immense que ce serait !

— Les moineaux et les chardonnerets reviendraient nicher dans les arbres, commenta Matti, les colombes voletteraient autour du pigeonnier, les corbeaux croasseraient au petit matin, on réparerait les étables vétustes, les poulaillers délabrés, les écuries, les enclos, les toitures et les bergeries, les chiens se remettraient à aboyer dans les cours et les chemins, et les abeilles à bourdonner dans les ruches.

— Et le vieil Almon pourrait retourner au bord de l'eau en compagnie de son chien bien-aimé pour bavarder avec les poissons qui repeupleraient le torrent, ajouta Maya, et son épouvantail dépenaillé cesserait de se quereller avec Almon pour se chamailler enfin avec de vrais oiseaux.

— Et Solina la couturière pourrait donner un petit

chat à Ghinom son mari, renchérit Matti. Ou bien un agneau. Ou alors un écureuil.

— Ma mère la boulangère ne pourrait plus faire un pas dans la rue sans être suivie par une nuée d'oiseaux auxquels elle jetterait des miettes de pain, compléta Maya. Emanuela la saluerait de son balcon et peut-être que si vous reveniez parmi nous vous aussi, Nehi, peut-être que... qui sait... »

Nehi écoutait, muet. Une veine ou une petite artère bleuâtre battait à sa tempe, tel le cœur palpitant d'un poussin. Quand il rompit son silence, ce fut pour déclarer d'une voix rauque, sourde, intime et agréable, pareille à une cuisine accueillante, un soir d'hiver :

« Et si les moqueries recommençaient ? Ou les mauvais traitements ? Ou si l'envie me reprenait de faire le méchant et de rudoyer les gens pour me venger ? »

Il s'interrompit avant de reprendre :

« Et si les costauds du village, ceux dont les parents étaient à l'école avec moi, dans la classe de Rafaela, la mère d'Emanuela, se remettaient à battre les chiens, à fouetter les chevaux, à empoisonner les chats de gouttière, à noyer les souris dans les égouts, s'ils repartaient chasser dans les forêts les biches, les bouquetins, les renards, vendre leurs fourrures ou piéger les lapins et les canards sauvages ? Sans parler des filets à poissons, au fond du torrent ?

« Nul doute qu'ils seraient ravis de retrouver leurs vaches, poursuivit Nehi, alors que le sentier s'enfonçait sous les épaisses frondaisons, cinq ou six lacets plus loin. De même que les chevaux, les poules, les chèvres, les oies, les moutons et les colombes. Il y en aurait toujours qui s'attacheraient à leurs chiens, à leurs chats et à leurs oiseaux. Mais qu'en serait-il des rats ? Des vers de terre ? Des cafards, des moustiques et des araignées ? De Nimi ? Ou de moi ? »

33

« La nuit tombe, annonça Nehi, quand ils furent parvenus à la lisière de la forêt d'où l'on apercevait les premières maisons du village. Ils doivent être morts d'inquiétude. Rentrez vite chez vous et revenez nous voir quand vous voudrez dans notre retraite, là-haut dans la montagne. Vous pourrez y rester quelques heures, une journée, ou même davantage. D'ici là, vous deux, prenez garde de ne pas contracter la maladie du mépris et de la raillerie. Tâchez au contraire d'en protéger vos camarades, ou du moins quelques-uns. Parlez-leur. Parlez aussi aux insulteurs, aux agresseurs, à ceux qui éprouvent un malin plaisir à faire souffrir autrui. Parlez à tous ceux qui seront disposés à vous écouter. Allez trouver également ceux qui se moqueront de vous, qui vous condamneront ou vous mépriseront. Parlez et parlez encore, sans vous décourager.

« Un beau jour, qui sait, il y aura un revirement et nous redescendrons de la montagne. Et peut-être que, dotés d'un supplément d'âme, chaque créature, hommes, bêtes et oiseaux, tous les carnivores mangeront des carnélias au lieu de chasser leurs proies. Mes compagnons et moi, sans oublier Nimi le poulain, quitterons alors la forêt profonde et retournerons vivre le reste de nos jours au village, dans les maisons, les jardins, les champs, les prairies et au bord du torrent. Une fois assouvie, ma soif de vengeance se détachera de moi comme une mue de serpent, et nous travaillerons, aimerons, nous nous promènerons, chanterons, jouerons de la musique, nous nous divertirons et bavarderons sans jamais plus être le bourreau ou la victime de quelqu'un et sans plus nous moquer les uns des autres. Maintenant, allez en paix, tous les deux. Et gardez-vous d'oublier. Pas même quand vous serez grands, adultes, et que vous aurez des enfants. N'oubliez jamais. Bonne nuit à vous, Maya et Matti. Dormez bien. »

Main dans la main, les enfants se dirigèrent vers les lumières du village, à travers la forêt qui s'obscurcissait.

« Il faudra le dire à Almon, déclara Matti. Et à Emanuela. Et aussi à Danir.

— Pas seulement à eux, Matti, rectifia Maya. Il faudra en parler à tout le monde. À ma mère. Aux anciens. À tes parents. Ce ne sera pas facile.

— Ils vont encore dire qu'on a attrapé la hennite.

— Il faut aussi retrouver Nimi et le ramener chez lui.

— Demain », dit Matti.

Arad, août 2004

Du tableau

au texte

Pierre-Olivier Douphis

Du tableau au texte

Marc Chagall,
Moi et le village

… le face-à-face entre le visage de l'homme et celui de l'animal…

Ce qui frappe en premier lieu lorsqu'on regarde la peinture de Marc Chagall intitulée *Moi et le village*, c'est le face-à-face entre le visage de l'homme et celui de l'animal. Un face-à-face statique, profond, perturbant qu'accentuent différents détails picturaux. Tout d'abord, on remarque que, dans l'œil de l'animal, la pupille est blanche, au lieu d'être noire et qu'elle est parfaitement ronde, tout comme l'iris qui, lui, est noir. De plus, le peintre a densifié son regard en ajoutant une zone de dégradé de gris sous l'œil. Si bien que cet œil ressemble étonnamment à celui d'un humain. On dirait l'œil fascinant d'un hypnotiseur. Seul le vague sourire esquissé par la gueule modère cette impression trop grave. L'être humain, quant à lui, paraît effectivement hypnotisé. Son regard est comme illuminé. D'ailleurs, d'une manière étonnante, son œil n'a rien d'humain. Il ne se résume qu'à un cercle blanc verdâtre, entouré de traits de la même couleur sur un fond vert sombre. De plus, la bouche aux lèvres rose pâle esquisse aussi un vague sourire. Enfin, pour approfondir l'impression dérangeante du face-à-face que nous avons notée, le peintre a relié l'œil visible de chacun par une ligne droite que l'on voit à peine.

Il est certain que Chagall a sciemment voulu tous ces détails dans le but de donner cette impression dérangeante au spectateur. Car il veut lui faire passer un message. Pourtant ce message n'est pas simple et il y a presque autant d'interprétations que de personnes qui ont essayé de l'interpréter. Nous allons tout de même essayer d'y voir un peu plus clair.

... C'est un animal familier qui figure de bonnes choses et qui ne veut que du bien à l'homme...

Tout d'abord, précisons qu'aucun commentateur n'est vraiment d'accord sur la famille de l'animal représenté. Certains prétendent que c'est un veau, d'autres un mouton, d'autres encore qu'il s'agit d'une vache. Mais il apparaît qu'ici tous ont raison et tort en même temps. Chagall semble avoir fait exprès de ne pas représenter de détails particuliers qui permettraient de dire qu'il s'agit de tel animal plutôt que tel autre. Pour lui cette question n'a pas d'importance. Ce qui lui importe, c'est que le spectateur l'interprète comme un animal de la ferme et non comme un animal sauvage, un loup ou un renard. C'est un animal familier qui figure de bonnes choses et qui ne veut que du bien à l'homme.

Cet homme, d'ailleurs, est Marc Chagall lui-même, comme l'indique le titre de la peinture : *Moi et le village.* Et si l'être humain est l'artiste, l'animal représenterait métaphoriquement Liozno, le village russe de la banlieue de Vitebsk où le peintre est né et a vécu les quatorze premières années de sa vie. Un village dont il a montré, en arrière-plan, dans la partie supérieure de la toile, quelques maisons colorées et une église, en accord avec le souvenir qu'il en garde : « Les bâtons et les toits, les poutres, les clôtures et tout ce qu'il y avait derrière, me ravissaient. [...] Une file de cabinets, de maisonnettes, de fenêtres, de portes cochères, de poules, une usine fermée, une église, une petite colline (vieux cimetière où on n'enterre plus) », comme il le décrit dans son autobiographie datant de 1922. Il a aussi peint trois personnages que l'on peut facilement interpréter comme des habitants du village : une première femme de dos, assise sur un tabouret auprès d'une vache qu'elle est en train de traire (et là aussi on peut noter que les avis divergent puisque certains commentateurs disent que l'animal est une chèvre) ; un homme de profil portant une casquette de paysan et une faux sur l'épaule ; il marche d'un bon pas vers une seconde femme à la robe bleu clair montrée la tête en bas.

Marc Chagall s'est donc représenté dans cet étonnant profil vert qui occupe le tiers droit de la surface de l'œuvre. Il s'est montré tel qu'il se voit lui-même, mis à part la couleur, bien sûr : « nez long aux narines, hélas ! larges, pommettes tranchantes, profil rude ». Il a aussi une casquette d'écolier russe sur la tête, un collier de perles colorées autour du cou auquel pend une petite croix jaune. Par ailleurs, sa main gauche est visible dans la partie inférieure de la toile. Elle tient une branche de fleurs et de feuilles de couleurs et de formes différentes qu'elle tend vers la gueule de l'animal. On remarque aussi que l'index porte une bague avec un motif qui semble être une étoile de David.

L'animal, quant à lui, se résume à une simple tête composée de secteurs colorés : blanc, gris, rose et bleu. Deux oreilles pointues sont visibles sur le dessus. Et, en plus de ces oreilles, le haut de la tête est paré d'étranges liserés fins, jaunes et rouges, ainsi que de points bleus qui pourraient être compris comme sa toison.

… *Un de ces rêves magiques où les meilleurs souvenirs refont surface et donnent le sourire au rêveur…*

Sur la surface de la toile, la tête animale est placée un peu en surplomb de celle du peintre. Elle surgit du bord gauche vers l'intérieur de l'œuvre. Cette position supérieure et l'absence du corps donnent l'impression que l'animal n'a pas de matérialité, qu'il est un être surnaturel. Il s'oppose en cela à la figure de l'artiste, qui, lui, est bien présent puisqu'on lui voit le haut du torse et la main gauche. Le tableau représenterait alors une vision ou un rêve de Chagall. Un de ces rêves magiques où les meilleurs souvenirs refont surface et donnent le sourire au rêveur.

De fait, quand on sait que l'artiste peint cette œuvre en 1911, soit dans l'année qui suit son installation à Paris, on comprend qu'il ait de telles visions et de tels rêves. Car, même si Paris est effectivement pour lui la ville des arts qu'il imaginait et espérait quand il était à l'Académie impériale des beaux-arts de Saint-Pétersbourg, il ne peut oublier complètement la Russie de sa jeunesse. Loin de sa terre chérie, Chagall veut la retrouver en la montrant sur ses toiles. C'est là un moyen, même imparfait, de la revoir, de s'unir de nouveau à elle. Grâce à son tableau, il tente d'exorciser le drame de l'exil. C'est à l'étranger qu'il prend conscience de ses racines, de sa culture, de son appartenance pleine et entière à la Russie. C'est quand elle n'est plus là qu'il la désire. Car on ne désire que ce qu'on n'a pas. L'art de Chagall parle donc d'un manque, du manque de la Russie, de son village, de sa famille et de ses amis et, finalement, de sa jeunesse. De cette jeunesse heureuse — même si elle ne fut pas dorée — qu'il raconte dans son autobiographie et qu'il expose dans presque toutes les œuvres d'art jalonnant sa carrière.

Pour Marc Chagall, cette jeunesse se termine lorsqu'il arrive à Paris. Dans son esprit, cet emménagement symbolise son passage à l'âge adulte. Un passage à une maturité tant intellectuelle qu'esthétique, puisque c'est devant toutes les œuvres d'art exposées dans les galeries et les musées parisiens qu'il prend conscience de la moindre qualité de l'art russe face à l'art occidental. C'est là, devant ces chefs-d'œuvre immortels, qu'il imagine une expression artistique propre, combinaison de la technique picturale des artistes français et des thèmes issus de sa mythologie personnelle : « Ici au Louvre, devant les toiles de Manet, Millet et d'autres, j'ai compris pourquoi mon alliance avec la Russie et l'art russe ne s'est pas nouée. Pourquoi ma langue, elle-même, leur est étrangère. » À la suite de cette révélation, il décide d'emprunter les techniques des courants artistiques français de son époque, et principalement celles du fauvisme et du cubisme. Du premier, il récupère l'utilisation à outrance des couleurs vives, mais dans un but purement esthétique (d'où le visage vert du peintre qui contraste fortement avec le fond rouge). Et il emprunte au second les formes géométriques, mais pour les adapter à ses rêveries russes (d'où la représentation de la tête de l'animal en secteurs colorés). Car les théories élaborées sur l'expressivité de la couleur par les peintres fauves et sur la déstructuration de la forme par les peintres cubistes ne l'intéressent pas vraiment. Gagnant très difficilement sa vie, il préfère renvoyer ces derniers manger à leur faim « leurs poires carrées sur leurs tables triangulaires ». Non ! Pour lui, ces nouveaux courants esthétiques ne sont qu'un prétexte pour mettre en page ses visions de la Russie de son enfance et les contes de sa culture juive.

… dans la religion juive, les animaux ont une place prépondérante aux côtés des êtres humains…

Durant son enfance, Marc Chagall a baigné dans une culture ashkénaze (c'est-à-dire celle des Juifs d'Europe de l'Est) assez marquée. Et c'est peut-être la raison pour laquelle il représente des animaux dans quasiment toutes ses œuvres, et particulièrement dans le tableau *Moi et le village*. Car, dans la religion juive, les animaux ont une place prépondérante aux côtés des êtres humains. Dans la Bible, dès les premières pages du livre de la Genèse, Yahvé crée les animaux le même jour qu'Adam et Ève parce qu'« il n'est pas bon que l'homme soit seul » et que celui-ci a besoin d'« une aide assortie » (Genèse, 2, 18). Cependant, le Divin proclame tout de suite la prédominance des êtres humains sur tous les animaux : « dominez sur les poissons de la mer, les oiseaux du ciel et tous les animaux qui rampent sur la terre » (Genèse, 1, 28). Avec toutefois des interdits et des commandements, exprimés dans les livres de l'Exode, du Lévitique et du Deutéronome, qui prouvent que la législation juive veut éviter aux animaux un effort beaucoup trop pénible : « Pendant six jours tu feras tes travaux, et le septième jour tu chômeras, afin que se reposent ton bœuf et ton âne » (Exode, 23, 12) ; « Une fois né, un veau, un agneau ou un chevreau restera sept jours auprès de sa mère » (Lévitique, 22, 27) ; « Tu ne muselleras pas le bœuf quand il foule le grain » (Deutéronome, 25, 4) pour qu'il puisse aussi manger de la nourriture qu'il prépare pour les êtres humains. Finalement, l'homme comme l'animal auront droit à la même prospérité : « Je donnerai à ton bétail de l'herbe dans la campagne, et tu mangeras et te rassasieras » (Deutéronome, 11, 15). Il apparaît même qu'un des premiers commandements de Yahvé à Adam et Ève est de se contenter d'un régime végétarien. C'est le cas dans le jardin d'Éden : « Dieu dit : Je vous donne toutes les herbes portant semence, qui sont sur toute la surface de la terre, et tous les arbres qui ont des fruits portant semence : ce sera votre nourriture. À toutes les bêtes sauvages, à tous les oiseaux du ciel, à tout ce qui rampe sur la terre et qui est animé de vie, je donne pour nourriture toute la verdure des plantes et il en fut ainsi » (Genèse, 1, 29-30). C'est aussi le cas sur Terre, après la Chute : « Tu mangeras l'herbe des champs » (Genèse, 3, 18). Ce végétarisme primaire est généralement expliqué par le fait que les animaux doivent avant tout être offerts en sacrifice au Divin lui-même. D'ailleurs, c'est peut-être la raison pour laquelle Yahvé préfère Abel à Caïn, car le premier lui sacrifie « des premiers-nés de son troupeau » quand le second offre « des produits du sol » (Genèse, 4, 3-4), c'est-à-dire des fruits de l'agriculture. On connaît la conclusion malheureuse de cette préférence. Finalement, ce n'est que plus tard, dans le chapitre 9 de la Genèse, que Yahvé autorise Noé et ses descendants à manger de la viande animale : « Tout ce qui se meut et possède la vie vous servira de nourriture, je vous donne tout cela au même titre que la verdure des plantes » (Genèse, 9, 3).

… Le visage du peintre n'exprime pas de la pitié pour l'animal qui, il le sait, est destiné à être tué…

Cependant, cette autorisation s'accompagne d'un nouveau commandement : il faut donner aux animaux une mort respectueuse, c'est-à-dire rapide, pour limiter au mieux leur souffrance et leur peur au moment de la mise à mort. C'est pourquoi, chez les juifs, l'abattage est une affaire religieuse régie par des règles très précises. C'est ce qu'on nomme la « cacherouth », le code alimentaire du judaïsme. Dans la culture juive, les animaux doivent être traités à l'égal des êtres humains. « Le juste connaît les besoins de ses bêtes », est-il écrit dans les Proverbes (12, 10). Et il faut que chaque fois qu'ils se nourrissent, ces êtres humains se rendent compte que leur alimentation dépend d'un acte grave, la mise à mort d'un autre être vivant.

Rien de tout cela n'est étranger à Marc Chagall. Parce qu'il est juif, mais aussi parce que son grand-père était boucher à Lyozno. Dans son autobiographie, il raconte ainsi qu'il lui reste toujours l'image de la mise à mort d'une vache dans la boucherie familiale : « Le boucher, en blanc et noir, le couteau à la main, retrousse ses manches. À peine entend-on la prière et, lui redressant le cou, il lui enfonce l'acier dans la gorge. Du sang à flots. [...] Et toi, vachette, nue et crucifiée, dans les cieux, tu rêves. Le couteau resplendissant t'a élevée dans les airs. » C'est d'ailleurs ce souvenir qui autorise certains commentateurs à croire que l'animal représenté dans *Moi et le village* est une vache. Toujours est-il que, durant son enfance, cette vision terrible l'enjoignit, pour un temps, à refuser de manger de la viande. Puis tout au long de sa carrière, il l'exprime à maintes reprises quand il représente une vache vivante accompagnée d'un boucher avec son long couteau ou une carcasse écorchée de bœuf pendu par les pattes.

Cela donne d'ailleurs tout son sens au tableau *Moi et le village*. Le visage du peintre n'exprime pas de la pitié pour l'animal qui, il le sait, est destiné à être tué, mais un sentiment beaucoup plus fort, quelque chose que certains commentateurs vont jusqu'à interpréter comme de l'amour. Cet amour, ou du moins ce lien très fort et très personnel avec l'animal, semble trouver sa source dans la culture hassidique de Marc Chagall. Le hassidisme est un courant mystique de la religion juive qui recherche une relation intime et joyeuse avec le Divin, beaucoup plus instinctive que l'intellectuel enseignement rabbinique traditionnel. Et, pour les Hassidim, une rencontre avec Dieu est toujours possible même après la Chute d'Adam et Ève, car toutes les choses du monde expriment la grandeur de Yahvé. Il suffit de laisser parler son instinct pour y arriver. Le but de chaque vie religieuse est alors de reconstituer l'harmonie qui régnait au départ entre l'être humain et Dieu. Toutefois, à la différence de la douce existence dans le jardin d'Éden, cette communion harmonieuse avec le Divin n'est plus possible éternellement, mais seulement durant une très courte période extatique. Chez les Hassidim, la prière, le chant et la danse sont autant de moyens de rentrer dans cette extase mystique et de l'approcher au plus près des mystères divins.

... avec un tableau comme Moi et le village, *Chagall désire restaurer une harmonie, un équilibre perdus...*

Ce serait aller trop loin dans l'interprétation de dire que Marc Chagall recherche la même extase mystique au travers de son art. Mais nous pouvons déjà comprendre qu'avec un tableau comme *Moi et le village*, il désire restaurer une harmonie, un équilibre perdus. En effet, l'œuvre qui nous intéresse représente bel et bien un équilibre : il est visible dans le face-à-face des deux grands visages qui s'opposent mais, en même temps, se répondent l'un à l'autre, comme dans un miroir (le fait que l'animal porte, comme l'homme, un collier de perles colorées avec une petite croix en sautoir appuie cette idée). Il est visible dans les quelques bâtiments du village qui forment un arc de cercle entre le front de l'animal et celui de l'être humain. Il est aussi visible dans la représentation fantastique de ces grandes formes circulaires qui suggèrent les orbites du Soleil, de la Lune (à l'éclipse, en bas à gauche) et de la Terre, c'est-à-dire de l'univers parfait que Dieu crée au quatrième jour de la Genèse : « Dieu fit les deux luminaires majeurs : le grand luminaire comme puissance du jour et le petit luminaire comme puissance de la nuit, et les étoiles. Dieu les plaça au firmament du ciel pour commander au jour et à la nuit, pour séparer la lumière et les ténèbres, et Dieu vit que cela était bon » (Genèse, 1, 16-18). Il est aussi visible dans la représentation de l'arbre de Vie, sous la forme de cette branche de fleurs et de feuilles que l'artiste tient dans sa main et qu'il semble offrir à l'animal. En effet, l'arbre de Vie, qui est au centre du jardin d'Éden et à l'ombre duquel Dieu crée Adam puis Ève, est l'axe de l'univers entier. Il est le garant de l'harmonie du monde.

Tout au long de sa vie, à travers sa carrière d'artiste, Marc Chagall tente de restaurer un équilibre. C'est l'équilibre entre, d'une part, la nostalgie qui est la sienne à l'égard de la chère Russie de son enfance, de sa famille, de ses amis et de son village, et, d'autre part, les souvenirs qui leur sont rattachés. Son installation à Saint-Pétersbourg puis à Paris détruisent, de toute évidence, l'équilibre de sa jeunesse, mais il faut aussi compter avec la Révolution d'octobre 1917 qui chamboule en profondeur la société et le quotidien déjà pénible de nombreux Russes, comme le peintre le note dans son autobiographie. Dès lors, il rêve de l'harmonie que procurerait une vie simple et laborieuse. L'harmonie née de la vie côte à côte des êtres humains et des animaux du village. L'harmonie entre la femme qui trait la vache et l'homme qui vient de faucher son champ, qu'il avait au préalable labouré avec le bœuf. Un nouvel équilibre est-il établi quand il s'écrie : « Paris, tu es mon second Vitebsk ! » ? Ou bien essaie-t-il simplement de s'en persuader ? De toute évidence ce qu'il gagne à Paris, il le perd du côté russe. L'équilibre est difficile à atteindre !

Dans l'existence humaine, éloignée du Paradis de l'enfance, ce moment juste est toujours précaire. À tout moment, il faut le rechercher, le construire et le consolider contre les forces extérieures qui peuvent le détruire : la violence de la nature, la guerre, la mort et tant d'autres. Cet équilibre et cette harmonie sont très importants pour chaque être humain. Ils sont sources de bonheur. Gare à ceux qui, comme les villageois du roman d'Amos Oz, osent les briser par le rejet, la haine et le mépris. Finalement, le tableau de Chagall exprime le même message que le livre d'Oz : ce n'est pas parce que la vie avec les animaux est une évidence qu'il faut les dédaigner. Ils ne font pas partie du décor au même titre que les plantes ou les objets de la vie quotidienne. Ce sont des êtres sensibles qu'il faut respecter. Comme il faut respecter les personnes que l'on pense différentes. Il faut savoir accepter l'autre avec toutes ses particularités. Car un monde où tout le monde se ressemblerait, tant physiquement qu'intellectuellement, ne serait pas vivable. L'être humain doit se servir de son intelligence autant pour accepter l'Autre que pour comprendre et ordonner les choses du monde de la manière la plus harmonieuse possible. Cela pour ne pas tomber dans le chaos instable, dans la peur irrationnelle, dans la folie de l'inconscient. Cela parce que la vie sans aucune différence n'aurait aucun sens.

DOSSIER

Le texte en perspective

Judith Josse-Lafon

Vie littéraire

Tradition et mémoire : le rôle de la parole

L'ŒUVRE D'UN ÉCRIVAIN peut être envisagée comme la combinaison originale d'un héritage culturel et d'un talent irréductiblement singulier.

Dans le cas d'Amos Oz, l'héritage est double : l'écrivain israélien, qui écrit en hébreu, est porteur de la tradition culturelle juive qui puise ses origines dans le texte de la Bible et dans les commentaires et récits qu'il a suscités ; mais en choisissant d'écrire un conte situé « dans la forêt profonde », il rejoint aussi une tradition spécifiquement européenne et familiale, incarnée par sa mère et les étranges contes de son enfance.

La parole du conteur est donc l'écho d'une mémoire aux ramifications diverses. C'est le cœur de la vocation d'écrivain d'Amos Oz. Il l'explique lui-même dans un roman autobiographique inspiré par son enfance et son histoire familiale, *Une histoire d'amour et de ténèbres*. Il y relate comment, à six ans, il entendit une voix le sommant de se rappeler tous les détails, les sons, les couleurs, les odeurs, les êtres d'un monde inévitablement voué à disparaître, et de ne jamais oublier.

Se souvenir et raconter sont ainsi deux missions

intimement liées et le travail de l'écrivain s'inscrit dans une longue chaîne de transmission de la mémoire et de la parole.

1.

L'héritage culturel juif

Indépendamment des questions de convictions religieuses et de foi, Amos Oz se réclame de la tradition juive et de sa culture millénaire. Selon lui, il ne saurait en être autrement quand on écrit dans la langue originelle de la Bible et des prophètes. Il s'en explique dans un des articles qui composent le recueil *Les Deux Morts de ma grand-mère* :

> Nous parlons et écrivons une langue qui puise ses racines dans la Bible et dans la littérature rabbinique. Un être comme moi, donc, qui ne souhaite pas vivre religieusement (et qui en serait incapable), a une relation spéciale avec tout ce qui lui parvient par le cordon ombilical de la langue hébraïque : berceuses, contes populaires, leçons de la Bible et excursions sur des sites bibliques, cité de Jérusalem, ruines antiques, parchemins, livres, poésie et ses échos, et tous les mots sans lesquels vous ne seriez pas là où vous êtes.

1. *La renaissance d'une langue*

« Une belle au bois dormant pendant 1700 ans », voilà comment Amos Oz qualifie l'hébreu, langue au destin unique. En effet, du IIe siècle de notre ère jusqu'à la fin du XIXe siècle, l'hébreu, qui appartient à la famille des langues sémitiques, a cessé d'être une langue parlée. Elle est demeurée pour les Juifs dispersés dans le monde la langue sacrée du culte, des prières, de l'étude des textes religieux et de leurs commentaires.

Au XVIIIe siècle, la Haskalah, mouvement juif des Lumières, entreprend une première transformation de l'hébreu en langue moderne. Ce courant, qui participe à la diffusion générale des connaissances et au souci d'éducation chers aux Lumières, vise à enrichir l'antique langue hébraïque en écrivant des textes profanes, c'est-à-dire non religieux, comme des romans, des poèmes et en inventant même des mots nouveaux. Ce renouveau concerne alors l'hébreu comme langue écrite.

Il faudra attendre la fin du XIXe siècle pour assister à la renaissance de l'hébreu en tant que langue parlée. Alors que prend forme un mouvement de renaissance nationale, le sionisme politique, l'hébreu apparaît comme le lien capable d'unir des Juifs qui ne parlent pas la même langue. On lisait l'hébreu, on allait désormais le parler.

C'est ainsi que, sur la base de racines existantes, est créé un nouveau lexique adapté au monde moderne et destiné à un usage laïc. Anticipant la fondation d'un état juif moderne (l'État d'Israël sera proclamé en 1948), des Juifs militants — tel Eliezer Ben Yéhouda qui conçoit le premier *Thésaurus de la langue hébraïque ancienne et moderne* – vont, dans leur pays d'origine ou pour une partie d'entre eux en Palestine, participer à la renaissance de l'hébreu comme langue vivante moderne.

Amos Oz compte son grand-oncle, Yosef Klausner, parmi les artisans de ce renouveau linguistique;

l'écrivain, amoureux de l'hébreu, rappelle le caractère extraordinaire de cette entreprise :

> Dans mon enfance, je vouais une grande admiration à mon grand-oncle Yosef parce que, m'avait-on dit, il avait inventé des mots quotidiens, des mots qui semblaient avoir existé depuis toujours, comme « mensuel », « crayon », « iceberg », « chemise », « serre », « toast », « cargaison », « monotone », « bigarré », « sensuel », « grue », « rhinocéros ». [...] Un homme capable de créer un mot et de l'injecter dans le principe vital de la langue me semblait à peine inférieur au Créateur de la lumière et des ténèbres : un écrivain aura peut-être la chance d'être lu quelque temps, jusqu'à ce que son livre soit supplanté par d'autres, meilleurs que le sien ; mais l'inventeur d'un mot entre dans l'éternité (*Une histoire d'amour et de ténèbres*).

Parti de quelques huit mille mots utilisés à l'époque biblique, le vocabulaire hébraïque dépasse désormais les cent vingt mille mots et les vagues d'immigrations successives l'ont enrichi d'apports multiples. Cette vitalité, propre à une langue en pleine croissance, fait dire à Amos Oz qu'on ne monte pas un cheval mais un tigre quand on chevauche l'hébreu.

Le paradoxe est donc le suivant : une langue dont les plus anciens témoignages remontent autour du premier millénaire avant notre ère résonne dans une littérature née au XXe siècle. C'est toute la richesse de l'hébreu pour Amos Oz. En mélangeant une langue millénaire à une langue très contemporaine, en reprenant des motifs bibliques qui appartiennent à la mémoire collective pour nourrir des histoires intimes, l'écrivain contribue à son tour à nourrir la langue.

2. *Le modèle biblique*

Comment inventer une littérature quand il y a le Livre? s'interroge Amos Oz. La Bible, dont le sens étymologique est *le Livre*, continue à nourrir l'imaginaire des artistes par la variété des mythes qu'elle propose. Elle est à la fois le livre sacré pour le judaïsme — la religion juive — et pour le christianisme, et un grand réservoir d'histoires pour tous ceux qui aiment les raconter et les entendre.

Le conte *Soudain dans la forêt profonde*, qui ne contient aucune référence directe à des éléments spécifiquement juifs — sinon les noms hébreux des personnages — et qui ne présente pas explicitement de dimension religieuse, fait néanmoins écho à plusieurs mythes et épisodes bibliques que l'écrivain croise et réinterprète.

Le poisson et le volatile que Maya et Matti aperçoivent avant qu'ils ne se décident à entrer dans la forêt sont précisément les premiers animaux créés par Dieu au quatrième jour de la Genèse, le récit qui ouvre la Bible. Le « jardin fabuleux » que découvrent ensuite les enfants et dont la longue description traduit l'émerveillement des jeunes héros, rappelle le jardin d'Éden, le Paradis. On y retrouve « des arbres beaux à voir et bons à manger » (p. 69), expression directement tirée de la Genèse, ainsi que toutes les splendeurs végétales et animales que les Psaumes 8 et 104 célèbrent. « Vous n'avez pas à être gênés d'être nus ici », dit Nehi à Matti et Maya, rappelant la nudité sans honte d'Adam et Ève avant qu'ils ne transgressent le commandement divin qui leur interdisait de manger des fruits de l'arbre de la Connaissance.

Sur ce jardin du conte règne Nehi qui, tel le roi Salomon, connaît le langage des animaux. Ces derniers vivent en harmonie, loups avec moutons, tigres avec chevreaux, réalisant la prophétie d'Isaïe lorsqu'il évoque au nom de Dieu la nouvelle Jérusalem : « Le loup et l'agneau paîtront côte à côte, le lion comme le bœuf mangeront de la paille et le serpent se nourrira de poussière : plus de méfaits, plus de violence sur toute ma Sainte montagne » (Isaïe, 65, 65).

Cette cohabitation pacifique a été rendue possible grâce à des fruits singuliers, les carnélias, qui ont détourné les prédateurs de la chasse. Leur découverte est racontée dans le court chapitre 30, qui emprunte à la Bible le symbolisme du chiffre sept, signe de perfection et d'harmonie : « Des années auparavant, au fond d'un vallon dissimulé derrière sept montagnes et sept vallées encaissées, Nehi avait découvert au cours de ses errances un arbuste où poussaient des baies blanches et pourpres au goût de viande » (p. 91).

Ces références bibliques forment une trame culturelle sur laquelle l'écrivain tisse son histoire et brode ses propres motifs.

Le second récit de la création du monde dans la Genèse montre l'homme attribuant leur nom aux animaux, signe de sa supériorité dans l'ordre des créatures ; dans le conte d'Amos Oz ce sont les animaux qui rebaptisent Naaman en Nehi, signe de son retrait du monde des hommes :

> Des années et des années durant, il vécut de la sorte, loin des hommes, entouré de l'affection des bêtes, grandes et petites. Les grenouilles tronquèrent son

> nom en Naha que les crocodiles et les oiseaux de nuit prononçaient Nehi. (p. 90)

Ce renversement se retrouve dans la manière dont est repris le mythe du jardin d'Éden. En effet, dans la Bible, le jardin est le décor de l'âge d'or de l'humanité qui prend fin quand Adam et Ève sont exclus après le péché originel ; dans le conte, il est devenu un lieu de refuge pour celui qui a été exclu de la communauté de ses semblables. La nostalgie du paradis perdu qui hante l'humanité devient alors pour Nehi celle du village et de l'affection que savent parfois se témoigner ses habitants. Ni dieu ni démon, c'est bien un homme qui règne sur ce nouveau jardin d'Éden, et ses sentiments sont spécifiquement humains telles la honte et la soif de vengeance. On peut être surpris de découvrir dans le jardin du conte « des serpents biscornus [qui] rampaient en se tortillant de toute la vitesse de leurs innombrables pattes » (p. 66) puisque, contrairement aux autres animaux, le serpent n'a pas de pattes et peut ainsi arriver à l'improviste pour tenter Ève. Dans le conte d'Amos Oz, la tentation du mal ne vient pas de l'animal, mais du désir de vengeance de Nehi contre ceux qui l'ont fait souffrir ; la comparaison que le personnage emploie au dernier chapitre, quand il envisage son retour au village, le suggère : « Une fois assouvie, ma soif de vengeance se détachera de moi comme une mue de serpent » (p. 98). Comme dans le mythe biblique, la question du mal et de la souffrance est au cœur du récit.

2.

Se souvenir et raconter

« Emanuela l'institutrice leur parla de l'ours, de la respiration des poissons et du cri de la hyène, la nuit » : ainsi débute *Soudain dans la forêt profonde* avec le verbe parler, auquel font écho les dernières pages du conte qui reprennent en le scandant le même mot : « Parlez et parlez encore, sans vous décourager » (p. 97). Or parler dans le conte, c'est rappeler ce qui a été oublié, faire revenir des souvenirs occultés.

1. *Mémoire et oubli*

La mémoire et l'oubli sont deux notions centrales du conte d'Amos Oz. L'une ne va pas sans l'autre et, bien loin de les poser en antonymes, il faudrait combler une lacune de la langue en les unissant dans un même vocable :

> Personne là-bas n'a oublié, intervint Matti. On ne se rappelle pas. Il faudrait inventer un mot, un mot spécial qui voudrait dire en même temps se souvenir et oublier (p. 83).

Le mystère du conte se trouve dans la réunion inédite de ces contraires et dans le mouvement dialectique qui ramène les habitants du village au secret qui les hante. L'oubli et le silence que les adultes opposent à la curiosité des enfants échouent à endiguer le flux du souvenir qui les envahit :

> Submergés par une brusque vague de nostalgie et de tristesse, certains parents se mirent à imiter des cris

> d'oiseaux et d'animaux pour leurs enfants [...]. Le temps passant, ils contestèrent leur chagrin, alléguant que c'était pour rire, que ces bruits n'étaient pas vrais, n'étaient que des affabulations, des sornettes. [...] « Ce n'est qu'un conte », disaient-ils alors à leurs enfants. (p. 38-39).

Or le conte précisément a la vertu de faire ressurgir le passé par la puissance de la narration. Comme Orphée, le poète de la mythologie grecque descendu aux Enfers rechercher sa défunte femme, brave l'interdit des dieux et se retourne sur elle, inquiet de son silence, l'écrivain se tourne vers son enfance et retrouve la voix de sa mère trop tôt disparue.

2. *Dans la forêt des souvenirs d'enfance*

> Tu veux jouer à inventer des histoires ? Un chapitre chacun ? Je commence ? Il était une fois un village que ses habitants avaient déserté. Même les chats et les chiens étaient partis. Et les oiseaux aussi (*Une histoire d'amour et de ténèbres*).

Le petit garçon qui joue avec sa mère à inventer des contes est devenu écrivain.

Si Amos Oz a dédié son conte à ses petits-enfants, *Soudain dans la forêt profonde* le rattache surtout à son passé familial et en particulier à sa mère qui, par ses contes venus d'Europe, ouvrait un monde inconnu au jeune garçon de Jérusalem. Inspirées du folklore yiddish, c'est-à-dire des histoires populaires communes aux Juifs d'Europe centrale et de l'Est, les histoires maternelles s'enracinent dans des forêts profondes, décor insolite pour l'enfant qui vit au pays du désert. Leurs effets sont si puissants que la frontière entre le monde des contes et le monde réel finit par s'estomper. Le triomphe du récit est tel que la fiction acquiert une vérité qui dépasse celle du réel et l'enfant cherche en vain l'empreinte des contes dans son univers familier :

> Le réel était l'effort vain, la tentative malheureuse de reproduire les phénomènes de l'univers des mots (*Une histoire d'amour et de ténèbres*).

Car ce sont les mots, des mots inconnus, qui font jaillir ce monde qui attire irrésistiblement l'enfant. « Étourdi, j'errais interminablement dans des forêts virtuelles, des forêts de mots [...] », confie-t-il dans ce même roman autobiographique. L'enfant découvre alors « les provinces reculées et pittoresques de la langue que le pied d'un enfant n'avait pratiquement jamais foulées, là où demeurent les oiseaux du paradis du langage ».

Les échos entre ces souvenirs d'enfance et *Soudain dans la forêt profonde* sont multiples. On y retrouve ce rapport particulier entre le récit et le réel : ainsi les animaux n'existent-ils d'abord pour les enfants que par les histoires de leur maîtresse d'école et lorsqu'ils voient enfin un animal, ils l'identifient grâce aux livres (p. 37). Par ailleurs, c'est dans la forêt profonde, « de l'autre côté du miroir » (p. 45), que les deux héros découvrent émerveillés les couleurs et les chants d'un « jardin fabuleux » (p. 69), au double sens du terme : extraordinaire, mais aussi digne d'une fable, c'est à dire sorti d'un conte.

La forêt du conte, qui ramène les enfants vers le passé de leurs parents, et l'écrivain — tout comme le lecteur — vers son enfance, est bien la forêt des mots du conteur.

L'écrivain à sa table de travail

Raconter pour imaginer l'autre

« QUE PEUT DONC FAIRE UN CONTEUR, excepté raconter des histoires ? Est-il raisonnable qu'un écrivain espère inciter à un changement des cœurs ? » s'interroge Amos Oz, dans *Paix, amour et compromis.*

À l'origine de la vocation de l'écrivain, il y a le plaisir d'inventer et de raconter des histoires : le conteur se glisse alors dans la peau de ses personnages et adopte, le temps de la fiction, des points de vue contradictoires. Cependant, imaginer l'autre n'est pas seulement pour Amos Oz un procédé créatif : c'est aussi une obligation morale, un moyen de lutter contre le fanatisme dont le conformisme est un des avatars.

En choisissant d'écrire un conte au XXIᵉ siècle, Amos Oz retrouve l'essence du récit en même temps qu'il reste fidèle aux valeurs de tolérance qui guident le citoyen comme l'écrivain. Le sens du conte rejoint alors le plaisir de la fiction : raconter, c'est imaginer l'autre.

1.

Écrire un conte au XXIe siècle

1. *À la source du conte*

Le lecteur familier des contes européens peut retrouver dans le récit d'Amos Oz les motifs caractéristiques du genre.

Le conte propose un cadre temporel et spatial dont l'imprécision est gage d'universalité. L'absence de date relègue traditionnellement l'histoire dans un passé indéterminé. On note, certes, deux concessions à une relative modernité : les enfants vont à l'école et, surtout, il est question des « torches électriques » (p. 92) dont les parents ont dû faire usage pour rechercher les enfants. Mais le cadre reste celui d'une vie rurale dont le centre est un village entouré d'une forêt.

Cette dernière remplit pleinement son rôle d'espace initiatique : elle est le lieu où les jeunes héros, bravant les interdits, se retrouvent confrontés aux forces nocturnes de la nature, en proie aux dangers et au mystère ; ils en ressortiront, après avoir surmonté leur peur, dotés d'un savoir qui aura répondu à leur quête.

Le passage du village à la forêt est fortement marqué par un seuil qui figure l'entrée dans un territoire à part ; dans le récit d'Amos Oz, le basculement est symboliquement placé au milieu du conte, à la fin du chapitre 14 : « Mais Matti et Maya, insensibles aux railleries, étaient déjà passés *de l'autre côté du miroir* : un matin, ils se levèrent de très bonne heure et, au lieu d'aller à l'école, ils quittèrent le village et s'en furent dans la forêt. » La forêt se présente comme « un sombre labyrinthe », « un étroit tunnel obscur à travers un enchevêtrement de broussailles » (p. 51), où sc trouvent brouillés les repères traditionnels telles les frontières entre le jour et la nuit : « Les deux enfants furent saisis d'effroi devant ce prodige, terrorisés par ce jour qui n'était pas le jour et cette nuit qui n'était pas vraiment la nuit » (p. 53). Or, c'est cet espace, objet de fascination et de peur, qui désigne les enfants comme les héros du conte : « Maya et Matti étaient les seuls sur qui les forêts profondes exerçaient une telle fascination. Les interdits, les silences et le danger avaient excité leur imagination » (p. 32).

Les deux enfants présentent des traits de caractère communs avec bien des protagonistes de contes : la petite fille, en particulier, est intrépide et volontaire, têtue et curieuse. Cette curiosité fondamentale, qui la pousse à multiplier les questions au risque d'ébranler le mur de silence que les adultes ont patiemment édifié autour de leur secret (p. 80), ramène à l'essence du genre : on pense au plus court des contes des frères Grimm, « L'Enfant rebelle », qui raconte en un paragraphe comment, même au tombeau, l'enfant incorrigible continue d'exprimer sa rébellion en dressant son bras hors de la terre.

2. *Voir et savoir*

À son compagnon qui l'enjoint de rentrer au village, Maya riposte : « Je reste ici pour voir et entendre » (p. 74). Voir et savoir sont deux désirs irrépressibles qui guident les enfants des contes. Le savoir, refusé par les parents (« On va faire comme si nous n'avions jamais eu cette conversation. Comme si on n'en avait jamais parlé. D'accord ? », se repent le père de Matti p. 16), doit passer par une expérience directe.

L'épisode de la caverne de Nimi est une première étape sur le chemin de la connaissance. Cette scène d'observation offre une série de regards en cascade : Matti observe Maya en train de regarder « le petit homme » de dos qui cuisine paisiblement dans son antre. Celui-ci « n'avait apparemment pas remarqué la fillette », mais provoquant un brusque renversement de situation, il se retourne, révélant ainsi son identité à la surprise des enfants comme des lecteurs. Il leur donne alors la clé de son personnage, mais disparaît quand les enfants lui posent les questions essentielles : « Dis, Nimi, est-ce que tu as *aperçu* des animaux dans la forêt ? Non ? Et Nehi, tu l'as *vu* ? Et attends, Nimi, ça existe vraiment la hennite ? » (p. 51). Les enfants doivent donc voir par eux-mêmes. Pour encourager Matti, circonspect, Maya s'exclame : « Approche, *regarde*, c'est merveilleux [...], c'est tellement beau ici, tu vas *voir* » (p. 62).

3. *De la connaissance à la reconnaissance*

Quelle signification peut-on donner au sentiment de déjà-vu qui s'empare de Matti dès la porte du jardin de Nehi (p. 61) ? Le conte ramène sans doute chacun à sa première rencontre avec le monde, à l'enchantement des sens que le temps a émoussés. C'est le toujours-su des contes qui ravive le noyau d'enfance que chacun porte en lui. Matti est touché par « une vague réminiscence enfouie au fond de sa mémoire — le souvenir d'un bébé repu, [...] somnolant dans les bras de sa mère qui lui chantait une berceuse de sa voix chaude. Était-il déjà venu ici un jour ? Aussitôt après sa naissance ? Ou avant ? » (p. 66). L'ascension dans la forêt profonde serait alors la métaphore d'une remontée vers une mémoire originelle que le conte, comme le rêve, peut restituer.

Ainsi pourrait s'expliquer le titre du conte, *Soudain dans la forêt profonde*, qui projette le lecteur au cœur de la forêt et du récit, en attente d'un événement, d'un mystère, qu'il doit d'abord imaginer puisque la phrase reste en suspens. Ce titre n'est d'ailleurs pas repris tel quel dans le conte, mais l'adverbe et le complément surgissent à des moments clés de la quête des enfants : lors de l'apparition du poisson, dans la grotte de Nimi et dans le jardin quand survient Nehi.

Le conte, dont l'incipit ou première page entraîne le lecteur directement dans le cours de la fiction, produit un ravissement au double sens du terme : enlèvement vers un ailleurs et un avant, et enchantement, figuré dans le récit par le plaisir des enfants devant les merveilles du jardin. On peut alors considérer le sorcier du conte, « le démon de la montagne » (p. 20), comme une variation du joueur de flûte de Hameln, héros d'un conte populaire allemand. Ce dernier se venge des habitants du bourg parce qu'ils ont refusé de le payer en échange de ses services : après avoir débarrassé la ville de tous les rats grâce à sa flûte, il revient la nuit, attire pareillement les enfants et les emmène au loin pour les perdre dans la caverne d'une montagne.

Nehi, lui aussi, a lancé une malédiction sur le village et, après avoir attiré tous les animaux en

« menant à travers les rues du village *une interminable procession grouillante* » (p. 23), il exerce son sombre pouvoir de séduction sur les enfants : « Et, de loin en loin, j'attire à moi des enfants. Comme Nimi le poulain. Ou vous-mêmes », confesse-t-il à Matti et Maya (p. 79).

Ce « vous » désigne aussi le lecteur, que le conteur, tel le joueur de flûte, emporte sur les sentiers de l'étrange et du merveilleux.

2.
Imaginer l'autre

1. *La tyrannie du conformisme*

Soudain dans la forêt profonde commence dans la classe de l'institutrice : le petit Nimi, qui décide de ne pas suivre le groupe, devient la cible des sarcasmes et des insultes, jusqu'à attraper une maladie insolite, la hennite, qui l'exclut définitivement.

Le thème de la métamorphose est un thème traditionnel des contes, mais dans le récit d'Amos Oz la hennite n'est pas un motif qui relève du merveilleux. Il est le fil conducteur qui depuis la scène initiale jusqu'à la fin du récit (« Ils vont encore dire qu'on a attrapé la hennite », prévoit lucidement Maya sur le point de retourner au village, p. 98) guide la marche des enfants vers l'élucidation du mystère. C'est au terme du conte que seront dénoués les liens entre connaissance et culpabilité, entre singularité, marginalité et maladie.

La hennite semble dans un premier temps frapper, comme un châtiment inévitable, celui qui s'écarte de la loi du groupe : « En effet, quiconque refuse de se fondre dans le moule, d'être comme tout le monde souffre de la maladie du hennissement [...] et alors, il a intérêt à se tenir à l'écart pour ne pas contaminer les autres » (p. 33). Perdant l'usage de la parole, Nimi s'animalise, déclenchant hostilité et dégoût. Il y a un lien entre cette maladie et la disparition des animaux : pour les habitants, le mal vient de la forêt dans laquelle Nimi comme Ghinom se sont égarés, mais le conte suggère d'autres pistes.

C'est précisément parce qu'il a cru à l'existence des animaux que Nimi a déchaîné la moquerie de ses camarades. Sa transformation en « Nimi le poulain » signale une communauté de destin avec les animaux : puisque le langage humain n'est plus un moyen de communication mais d'agression et de stigmatisation, mieux vaut adopter celui des animaux dont Nehi détaille aux enfants les particularités. Les animaux disposent comme les humains de mots pour traduire la gamme des sentiments, « Mais il n'en existe aucun pour humilier ou offenser » (p. 77) car dans le jardin, « il n'y a rien de plus abject que le sarcasme » (p. 79).

Le secret qui tourmente les habitants, la culpabilité qui les taraude, ramène à la souffrance que les hommes infligent à autrui. Comme Nimi, Nehi a connu le destin des souffre-douleur ; pour échapper à la cruauté des villageois, il a quitté le village « en compagnie des animaux qui l'aimaient, le soutenaient et le protégeaient, parce qu'ils avaient souffert eux aussi, en bas, au village, où il n'était pas rare qu'on les maltraite » (p. 78). Avant de devenir le personnage fantasmatique qui hante les nuits et les consciences des habitants, il a été, non pas un étranger comme le joueur de flûte de Hameln, mais cet autre que le groupe a rejeté de son sein.

La malédiction qui pèse sur le village, « gris et morose », en proie à « un étrange silence » (p. 12) trouve son origine dans le conformisme qui exclut toute singularité. À l'opposé, le jardin de Nehi offre une multitude de couleurs et de sons. Les animaux ont donc sans doute disparu parce que, par l'infinie variété de leurs formes, tailles, couleurs, pelages et plumages, ils symbolisent la diversité. L'erreur paradoxale du conformisme est d'ailleurs suggérée par le premier animal que les enfants aperçoivent, le poisson : « Il les considéra de son œil rond, écarquillé, probablement pour leur rappeler que toutes les créatures vivant à la surface de la planète [...] sont très semblables malgré leurs multiples différences » (p. 36). Le refus de la différence oublie la fraternité étroite qui relie tous les membres du monde vivant. Le conte dénonce l'instinct grégaire qui pousse les villageois à suivre docilement les comportements du groupe et il rappelle l'étymologie de l'adjectif — grégaire vient du latin *grex* qui signifie le troupeau — en montrant les animaux eux-mêmes en proie à cet instinct : « les bêtes aussi avaient peur [...] de ne pas être comme les autres [...]. Personne ne veut se dissocier du groupe ou se séparer du troupeau » (p. 89).

La hennite n'est donc finalement pas une maladie, mais le masque que le pestiféré choisit de porter pour être libre. La solution est radicale : elle implique la rupture définitive avec le groupe et la solitude. Telle n'est pas cependant la voie qu'Amos Oz suggère à son lecteur.

2. *Un apologue sur la tolérance*

Le conte *Soudain dans la forêt profonde* est porteur de vérités humaines et morales qui l'apparentent au genre argumentatif de l'apologue. Au sens large, l'apologue se définit comme un récit allégorique qui poursuit un but didactique : il s'agit de proposer une fiction qui, en illustrant des idées, délivre un enseignement, une sagesse, une morale.

Le récit d'Amos Oz présente la dimension à la fois critique et didactique de l'apologue : il illustre et dénonce clairement « la maladie du mépris et de la raillerie » (p. 97) et la tyrannie du conformisme. La leçon que dispense le conte entraîne la participation active du lecteur et assure plusieurs niveaux de lecture. Nehi lui-même offre l'exemple d'un raisonnement par induction lorsqu'il part d'un fait particulier, son destin et celui de Nimi, pour accéder à une vérité générale, concernant les lois du groupe (p. 72-73). Le lecteur peut procéder de façon similaire.

Ainsi le conte ne promeut-il pas le choix de vie de Nehi : son paradis recréé, niché au cœur de la forêt, à l'abri des hommes, est un monde clos comme le village et Maya constate : « On dirait que c'est plutôt triste ici aussi, quelquefois » (p. 88). Contre la tentation du repli, le conte ouvre la piste d'un nécessaire compromis. Tel est l'un des sens à donner à la fin ouverte du récit qui s'achève sur l'adverbe « demain » et sur le défi du vivre-ensemble dans la tolérance.

Bien qu'il dénonce vivement certains comportements humains, le conte échappe au manichéisme : la séparation n'est pas binaire entre les bons et les méchants. Le personnage de Nehi, seul à bénéficier d'une description physique (p. 69-70), en est l'illustration. Malgré les détails précis, le lecteur peut avoir du mal à se le représenter. En effet, Nehi est un être double, tissé de contradictions, et son physique, fluctuant, manifeste cette ambivalence : sous le feu des questions embarrassantes de Maya, « on aurait dit qu'il enlaidissait à vue d'œil » (p. 85). Les ambiguïtés du personnage, à la fois victime et persécuteur, rappellent que chacun porte en soi une part d'ombre.

Avant de juger, il faut, comme le font les enfants du conte, poser des questions et tenter d'imaginer l'autre.

3. *La puissance du récit : l'expérience de l'altérité*

Par l'empathie qui le pousse à s'identifier à ses personnages, l'écrivain est un militant de l'altérité. Les marginaux du village ont ceci de commun avec lui qu'ils sont tous sensibles au pouvoir de l'imagination : le petit Nimi exprime sa singularité en étant le seul « à rêver d'animaux à cause des histoires de l'institutrice », et Matti observe que « Nimi ne rêve que pour en parler » (p. 10) ; Almon, le solitaire, passe ses nuits à lire et à écrire ou à sculpter des « créatures inconnues qui n'existaient que dans son imagination ou dans ses rêves » (p. 14).

Les rêves et les regrets les placent en marge du

groupe qui redoute les dangers de l'imagination (p. 39).

Matti apparaît comme un double de l'écrivain, capable d'envisager les autres personnages avec empathie et tendresse (p. 56). Dans le jardin de Néhi, il éprouve immédiatement le désir de partager sa joie. Or, ce partage passe par la parole et le récit : songeant à Almon, « Matti en conçut comme une nostalgie, l'envie soudaine de s'installer sur le banc à ses côtés *pour tout lui raconter* sans omettre un seul détail » (p. 67). Le garçon souhaite alors retrouver la position qu'il adopte le plus souvent dans le conte, celle de l'observateur : à tous les marginaux du village, « il montrerait le jardin et *les observerait en train de le découvrir pour la première fois* » (p. 67), comme le conteur observe à la dérobée l'effet de son histoire sur son auditoire.

L'histoire a le pouvoir d'engager celui qui l'écoute et la lecture est une expérience de l'altérité. Le lecteur épouse à son tour la conscience des personnages grâce au glissement des focalisations et des discours ; il a pu reconnaître une part de lui-même dans chacun et c'est vers lui finalement que l'auteur se tourne, en lui proposant une fin ouverte.

Pour prolonger la réflexion

Pierre PÉJU, *La Petite Fille dans la forêt des contes*, Robert Laffont 1981, 1997.

Amos OZ, « Se glisser dans la peau de l'autre », in *Comment guérir un fanatique*, Gallimard, coll. Arcades 2006. À partir de souvenirs personnels, Amos Oz réfléchit au pouvoir des mots et à la fiction comme remède au fanatisme.

Groupement de textes thématique

Visages de l'autre

DES RENCONTRES EXOTIQUES qu'égrainent les récits de voyage aux vertiges de l'introspection — quand le personnage examine sa conscience —, la littérature permet d'imaginer et de connaître l'autre.

Pourtant, l'ambiguïté de cette perception est manifeste dans le double sens du couple étrange/étranger, jadis doublet : celui qui vient d'ailleurs est aussi celui qui surprend, qu'on ne comprend pas et que souvent on rejette.

La peur de l'altérité est au cœur du genre fantastique : le monstre, c'est toujours l'autre. La rencontre avec l'autre incompréhensible est également un des motifs centraux des récits de voyage, de l'*Odyssée* d'Homère jusqu'aux périples intergalactiques de la science-fiction.

Cependant, depuis Montaigne et les cannibales du Nouveau Monde, il est fréquent que le prétendu civilisé fasse office de barbare et inversement ; le renversement de point de vue apparaît aussi quand l'autre est incarné par le voyageur étranger dont le regard révèle les paradoxes d'une société.

Une même intention critique guide une littérature réaliste, souvent engagée, qui expose en pleine lumière les « Misérables » de nos sociétés.

Finalement, la question de la représentation de l'autre et de sa place renvoie l'écrivain et le lecteur à celle de son rapport au groupe et à sa propre individualité.

MONTESQUIEU (1689-1755)

Lettres persanes (1721)

(« Folioplus classiques » n° 56)

Deux persans voyagent en France de 1712 à 1720 et écrivent à leurs compatriotes pour leur faire part de leurs impressions. Dans le roman épistolaire de Montesquieu, la fiction du regard étranger autorise une critique hardie, volontiers satirique, des mœurs et des institutions françaises, qui tire son efficacité d'un renversement de perspective. Le dépaysement produit par la vision faussement naïve des Persans pousse le lecteur de l'époque à s'observer d'un regard neuf et à considérer comme ridicules ou absurdes des usages que l'habitude lui faisait tenir pour naturels.

Rica à Ibben, à Smyrne.

[…]

Ne crois pas que je puisse, quant à présent, te parler à fond des mœurs et des coutumes européennes : je n'en ai moi-même qu'une légère idée, et je n'ai eu à peine que le temps de m'étonner.

Le roi de France est le plus puissant prince de l'Europe. Il n'a point de mines d'or[1] comme le roi d'Espagne son voisin ; mais il a plus de richesses que lui, parce qu'il les tire de la vanité de ses sujets, plus inépuisable que les mines. On lui a vu entreprendre ou sou-

1. Au Pérou.

tenir de grandes guerres, n'ayant d'autres fonds que des titres d'honneur à vendre, et, par un prodige de l'orgueil humain, ses troupes se trouvaient payées, ses places munies[1], et ses flottes équipées.

D'ailleurs ce roi est un grand magicien : il exerce son empire sur l'esprit même de ses sujets ; il les fait penser comme il veut. S'il n'a qu'un million d'écus dans son trésor, et qu'il en ait besoin de deux, il n'a qu'à leur persuader qu'un écu en vaut deux, et ils le croient. S'il a une guerre difficile à soutenir, et qu'il n'ait point d'argent, il n'a qu'à leur mettre dans la tête qu'un morceau de papier est de l'argent, et ils en sont aussitôt convaincus. Il va même jusqu'à leur faire croire qu'il les guérit de toutes sortes de maux en les touchant[2], tant est grande la force et la puissance qu'il a sur les esprits.

Ce que je te dis de ce prince ne doit pas t'étonner : il y a un autre magicien plus fort que lui, qui n'est pas moins maître de son esprit qu'il l'est lui-même de celui des autres. Ce magicien s'appelle le pape. Tantôt il lui fait croire que trois ne sont qu'un, que le pain qu'on mange n'est pas du pain, ou que le vin qu'on boit n'est pas du vin, et mille autres choses de cette espèce.

[...]

Je continuerai à t'écrire, et je t'apprendrai des choses bien éloignées du caractère et du génie persans. C'est bien la même terre qui nous porte tous deux ; mais les hommes du pays où je vis, et ceux du pays où tu es, sont des hommes bien différents.

De Paris, le 4 de la lune de Rebiab[3] 1712.

(Lettre 24)

1. Fortifiées.
2. Le roi de France était censé pouvoir guérir les écrouelles ou inflammations tuberculeuses par simple imposition des mains.
3. Mois de juin.

Richard WRIGHT (1908-1960)
Black Boy (1945)

(trad. de Marcel Duhamel, « Folioplus classiques » n° 199)

Premier grand romancier noir américain, Richard Wright a raconté dans Black Boy, *volet initial de son autobiographie, son enfance et son adolescence dans le sud des États-Unis. En dépit des obstacles majeurs — pauvreté, ségrégation raciale, fondamentalisme religieux — dressés par la société pour empêcher les Noirs d'accéder à l'expression de leur conscience et de leurs aspirations, le jeune garçon affirme son refus de toute soumission. Sa lutte contre les humiliations et les préjugés passera par la découverte du pouvoir des mots. En publiant à quatorze ans dans le journal noir local une nouvelle où s'affirme sa lucidité singulière, Richard, tout en refusant la place que lui assignent les Blancs, s'expose à devenir l'autre dans sa propre communauté.*

Quelques jours plus tard, je vis venir à moi mes camarades de classe, l'air égaré ; ils avaient tous des numéros du *Southern Register.*
« C'est toi qui as écrit cette histoire ? me demandèrent-ils.
— Oui.
— Pourquoi ?
— Parce que cela me plaisait.
— Dans quoi l'as-tu prise ?
— Je l'ai inventée.
— C'est pas vrai. Tu l'as copiée dans un livre.
— Si je l'avais copiée, personne ne la publierait.
— Mais pourquoi ils la publient ?
— Pour que les gens la lisent.
— Qui t'a conseillé de faire ça ?
— Personne.
— Alors, pourquoi l'as-tu fait ?
— Parce que ça me plaisait », répétai-je.
Ils étaient convaincus que je ne leur disais pas la vérité. Nous n'avions jamais suivi de cours de littérature à

l'école ; de littérature nationale ou nègre, il n'était jamais question. Mes camarades n'arrivaient pas à comprendre pour quelle raison on pouvait bien avoir envie d'écrire une histoire ; et ce qui les déroutait par-dessus tout, c'était que je l'eusse intitulée : *Le Vaudou du demi-arpent de l'Enfer.* La disposition d'esprit dans laquelle une histoire pouvait s'élaborer était pour eux la chose la plus étrange qui se pût concevoir. Ils me regardaient d'un nouvel œil et un éloignement, une suspicion s'établirent entre nous. Si j'avais pensé quelque chose en écrivant cette histoire, c'était qu'elle me rendrait peut-être plus acceptable à leurs yeux, et voilà qu'elle me séparait plus que jamais de leur groupe.

À la maison, les conséquences n'en furent pas moins désastreuses.

Grand-mère vint dans ma chambre un matin de bonne heure et s'assit sur mon lit.

« Richard, qu'est-ce que tu fais imprimer dans le journal ? me demanda-t-elle.

— Une histoire, répondis-je.

— Sur quoi ?

— Simplement une histoire, grand-mère.

— Mais il paraît qu'elle est passée trois fois.

— C'est la même histoire. Mais elle est en trois parties.

— Mais de quoi s'agit-il ? » insista-t-elle.

Je me dérobai, de peur de me laisser entraîner dans une discussion religieuse.

« C'est simplement une histoire que j'ai inventée, dis-je.

— Alors, c'est un mensonge.

— Oh ! Grands dieux ! fis-je.

— Je ne veux plus de toi dans cette maison, si tu prostitues le nom du Seigneur, fit-elle.

— Écoute, grand-mère… je m'excuse, dis-je. Mais ça m'est difficile de t'expliquer ce qu'est l'histoire. Tu comprends, grand-mère, tout le monde sait qu'elle n'est pas vraie, mais…

— Alors, pourquoi l'écrire ?

— Parce que des gens pourraient avoir envie de la lire.
— C'est de l'ouvrage de Satan », fit-elle en me plantant là. [...]

J'avais l'impression d'avoir commis un crime. Eussé-je réalisé à quel point je m'opposais aux tendances de mon milieu, que la peur m'aurait à tout jamais ôté l'envie d'essayer d'écrire.

Jorge Luis BORGES (1899-1986)

« La Demeure d'Astérion »
in *L'Aleph* (1949)

(trad. de Roger Caillois.
et René L.-F. Durand, « L'Imaginaire »)

La valeur d'un mythe se reconnaît à la possibilité qu'ont toutes les époques de se le réapproprier en y projetant leurs propres questions. En reprenant un des mythes les plus célèbres de l'Antiquité grecque, l'écrivain argentin Borges redéfinit les lignes qui séparent l'humain et le monstre. Qui est Astérion ? Qui est « l'autre Astérion » ? Le lecteur ne le saura qu'à la fin de la nouvelle. Le choix de la narration à la première personne l'entraîne à reconsidérer les catégories de l'altérité et du monstrueux.

« Et la reine donna le jour à un fils
qui s'appela Astérion. »

Apollodore[1], *La Bibliothèque*, III, 1.

Je sais qu'on m'accuse d'orgueil, peut-être de misanthropie, peut-être de démence. Ces accusations (que je punirai le moment venu) sont ridicules. Il est exact

1. Apollodore d'Athènes (IIe siècle av. J.-C.) est un grammairien et historien grec. *La Bibliothèque*, compilation mythologique, lui a été attribuée à tort par la tradition.

que je ne sors pas de ma maison ; mais il est moins exact que les portes de celle-ci, dont le nombre est infini [1], sont ouvertes jour et nuit aux hommes et aussi aux bêtes. Entre qui veut. Il ne trouvera pas de vains ornements féminins, ni l'étrange faste des palais, mais la tranquillité et la solitude. Il trouvera aussi une demeure comme il n'en existe aucune autre sur la surface de la terre. (Ceux qui prétendent qu'il y en a une semblable en Égypte sont des menteurs.) Jusqu'à mes calomniateurs reconnaissent qu'il n'y a pas un seul meuble dans la maison. Selon une autre fable grotesque, je serais, moi, Astérion, un prisonnier. Dois-je répéter qu'aucune porte n'est fermée ? Dois-je ajouter qu'il n'y a pas une seule serrure ? Du reste, il m'est arrivé, au crépuscule, de sortir dans la rue. Si je suis rentré avant la nuit, c'est à cause de la peur qu'ont provoquée en moi les visages des gens de la foule, visages sans relief ni couleur, comme la paume de la main. Le soleil était déjà couché. Mais le gémissement abandonné d'un enfant et les supplications stupides de la multitude m'avertirent que j'étais reconnu. Les gens priaient, fuyaient, s'agenouillaient. Certains montaient sur le perron du temple des Haches. D'autres ramassaient les pierres. L'un des passants, je crois, se cacha dans la mer. Ce n'est pas pour rien que ma mère est une reine. Je ne peux pas être confondu avec le vulgaire, comme ma modestie le désire.

Je suis unique ; c'est un fait. Ce qu'un homme peut communiquer à d'autres hommes ne m'intéresse pas. Comme le philosophe, je pense que l'art d'écrire ne peut rien transmettre. Tout détail importun et banal n'a pas place dans mon esprit, lequel est à la mesure du grand. Jamais je n'ai retenu la différence entre une lettre et une autre. Je ne sais quelle généreuse impa-

1. Le texte original dit quatorze, mais maintes raisons invitent à supposer que, dans la bouche d'Astérion, ce nombre représente l'infini (*N.d.A.*).

tience m'a interdit d'apprendre à lire. Quelquefois, je le regrette, car les nuits et les jours sont longs.

Il est clair que je ne manque pas de distractions. Semblable au mouton qui fonce, je me précipite dans les galeries de pierre jusqu'à tomber sur le sol, pris de vertige. Je me cache dans l'ombre d'une citerne ou au détour d'un couloir et j'imagine qu'on me poursuit. Il y a des terrasses d'où je me laisse tomber jusqu'à en rester ensanglanté. À toute heure, je joue à être endormi, fermant les yeux et respirant puissamment. (Parfois, j'ai dormi réellement, parfois la couleur du jour était changée quand j'ai ouvert les yeux.) Mais, de tant de jeux, je préfère le jeu de l'autre Astérion. Je me figure qu'il vient me rendre visite et que je lui montre la demeure. Avec de grandes marques de politesse, je lui dis : « Maintenant, nous débouchons dans une autre cour », ou : « Je te disais bien que cette conduite d'eau te plairait », ou : « Maintenant, tu vas voir une citerne que le sable a remplie », ou : « Tu vas voir comme bifurque la cave. » Quelquefois, je me trompe et nous rions tous deux de bon cœur.

Je ne me suis pas contenté d'inventer ce jeu. Je méditais sur ma demeure. Toutes les parties de celle-ci sont répétées plusieurs fois. Chaque endroit est un autre endroit. Il n'y a pas un puits, une cour, un abreuvoir, une mangeoire ; les mangeoires, les abreuvoirs, les cours, les puits sont quatorze [sont en nombre infini]. La demeure a l'échelle du monde ou plutôt, elle est le monde. Cependant, à force de lasser les cours avec un puits et les galeries poussiéreuses de pierre grise, je me suis risqué dans la rue, j'ai vu le temple des Haches et la mer. Ceci, je ne l'ai pas compris, jusqu'à ce qu'une vision nocturne me révèle que les mers et les temples sont aussi quatorze [sont en nombre infini]. Tout est plusieurs fois, quatorze fois. Mais il y a deux choses au monde qui paraissent n'exister qu'une seule fois : là-haut le soleil enchaîné ; ici-bas Astérion. Peut-être ai-je créé les étoiles, le soleil et l'immense demeure, mais je ne m'en souviens plus.

Tous les neuf ans, neuf êtres humains pénètrent dans la maison pour que je les délivre de toute souffrance. J'entends leurs pas et leurs voix au fond des galeries de pierre, et je cours joyeusement à leur rencontre. Ils tombent l'un après l'autre, sans même que mes mains soient tachées de sang. Ils restent où ils sont tombés. Et leurs cadavres m'aident à distinguer des autres telle ou telle galerie. J'ignore qui ils sont. Mais je sais que l'un d'eux, au moment de mourir, annonça qu'un jour viendrait mon rédempteur. Depuis lors, la solitude ne me fait plus souffrir, parce que je sais que mon rédempteur existe et qu'à la fin il se lèvera sur la poussière. Si je pouvais entendre toutes les rumeurs du monde, je percevrais le bruit de ses pas. Pourvu qu'il me conduise dans un lieu où il y aura moins de galeries et moins de portes. Comment sera mon rédempteur ? Je me le demande. Sera-t-il un taureau ou un homme ? Sera-t-il un taureau à tête d'homme ? Ou sera-t-il comme moi ?

Le soleil du matin resplendissait sur l'épée de bronze, où il n'y avait déjà plus trace de sang.

« Le croiras-tu, Ariane ? dit Thésée, le Minotaure s'est à peine défendu. »

Ray BRADBURY (1920)

« Février 2030 : Ylla »

in *Chroniques martiennes* (1950)

(trad. de Jacques Chambon et Henri Robillot, « Folio SF » n° 45)

Considérées comme un classique de la science-fiction, les Chroniques martiennes *reprennent le thème traditionnel du récit de voyage vers un pays imaginaire. Comme le soulignent les allusions à la découverte du « Nouveau Monde » ou à la conquête du Far-West, le récit de la rencontre entre les Terriens et les habitants de Mars s'apparente à une parabole de la colonisation. Dans sa peinture de la collision entre deux cultures radicalement opposées, Ray Bradbury place les valeurs de la civilisation du côté de Mars. Le destin de la planète Rouge, dont les colons venus de la Terre n'auront de cesse de gommer toute étrangeté, illustre la difficulté de comprendre l'autre.*

Prélude à une rencontre placée sous de mauvais auspices, la seconde chronique, Ylla, *la première qui prenne Mars pour cadre, fait d'emblée adopter au lecteur le point de vue des Martiens.*

Il y avait vingt ans que Mr. et Mrs. K. vivaient au bord de la mer Morte, dans la même maison qui avait vu vivre leurs ancêtres depuis dix siècles qu'elle tournait sur elle-même, accompagnant le soleil dans sa course, à la façon d'une fleur.

Mr. et Mrs. K. n'étaient pas vieux. Ils avaient la peau cuivrée, les yeux pareils à des pièces d'or, la voix délicatement musicale des vrais Martiens. Jadis, ils aimaient peindre des tableaux au feu chimique, se baigner dans les canaux aux saisons où les arbres à vin les gorgeaient de liqueurs vertes, et bavarder jusqu'à l'aube près des portraits aux phosphorescences bleues dans le conversoir.

Mais ils n'étaient plus heureux.

Ce matin-là, debout entre les colonnes, Mrs. K. écoutait les sables du désert se réchauffer, se liquéfier en une cire jaune qui avait l'air de fuir à l'horizon.

Il allait se passer quelque chose.

Elle attendit. [...]

Elle se laissa aller dans un fauteuil qui accompagna son mouvement pour épouser la forme de son corps. Elle ferma les yeux avec force, en proie à une sourde inquiétude.

Le rêve survint.

Ses doigts bruns frémirent, se soulevèrent, agrippèrent le vide. Un instant plus tard, elle se redressait, désorientée, haletante.

Elle jeta un rapide coup d'œil autour d'elle, comme si

elle s'attendait à se trouver face à face avec quelqu'un. Elle parut déçue ; l'espace entre les piliers était vide. Son mari s'encadra dans une porte triangulaire. « Tu as appelé ? demanda-t-il avec irritation.

— Non ! clama-t-elle.

— Il me semblait t'avoir entendue crier.

— Ah bon ? J'étais à moitié endormie et j'ai fait un rêve.

— En plein jour ? Ce n'est pas dans tes habitudes. »

Elle restait là, comme si son rêve l'avait frappée en plein visage. « Étrange, vraiment étrange, murmura-t-elle. Ce rêve.

— Ah oui ? » Il n'avait manifestement qu'une envie : aller retrouver son livre.

« J'ai rêvé d'un homme.

— Un homme ?

— Grand. Un bon mètre quatre-vingt-cinq.

— Ridicule. Un géant, un géant difforme.

— D'une certaine façon… » Elle cherchait ses mots. « … il avait l'air normal. Malgré sa taille. Et il avait… oh, je sais que tu vas trouver ça idiot… il avait les yeux *bleus* !

— Les yeux bleus ! Grands dieux ! s'écria Mr. K. Qu'est-ce que tu vas rêver la prochaine fois ? Je suppose qu'il avait des cheveux *noirs* ?

— Comment tu as *deviné* ? » Elle était surexcitée.

« J'ai pris la couleur la plus invraisemblable, répliqua-t-il froidement.

— Eh bien oui, ils étaient noirs ! s'exclama-t-elle. Et il avait la peau très blanche ; pour ça, il sortait *vraiment* de l'ordinaire ! Il portait un uniforme étrange, il descendait du ciel et me parlait aimablement. » Elle sourit.

« Du ciel. Quelle absurdité ! »

Jacques PRÉVERT (1900-1977)

« Étranges étrangers »

in *Grand Bal du printemps* (1951)

(Gallimard, « Pléiade »)

Conçu comme un dialogue entre les poèmes de Jacques Prévert et les photographies d'Izis (1911-1980), Grand Bal du printemps *offre des images glanées dans le Paris des lendemains de la Seconde Guerre mondiale. Prévert, sensible aux réalités populaires, compose des guirlandes de mots qui disent, entre révolte et tendresse, la vie du peuple parisien. Dans un des poèmes, il dénonce les injustices que la France inflige à ses « étranges étrangers ».*

Kabyles de la Chapelle et des quais de Javel
hommes des pays loin
cobayes des colonies
Doux petits musiciens
soleils adolescents de la porte d'Italie
Boumians[1] de la porte de Saint-Ouen
Apatrides d'Aubervilliers
brûleurs des grandes ordures de la ville de Paris
ébouillanteurs des bêtes trouvées mortes sur pied
au beau milieu des rues
Tunisiens de Grenelle
embauchés débauchés
manœuvres désœuvrés
Polacks[2] du Marais du Temple des Rosiers

Cordonniers de Cordoue soutiers de Barcelone
pêcheurs des Baléares ou bien du Finisterre
rescapés de Franco
et déportés de France et de Navarre
pour avoir défendu en souvenir de la vôtre
la liberté des autres

1. Forme provençale pour « bohémien ».
2. Forme populaire pour « Polonais ».

Esclaves noirs de Fréjus[1]
tiraillés et parqués
au bord d'une petite mer
où peu vous vous baignez

Esclaves noirs de Fréjus
qui évoquez chaque soir
dans les locaux disciplinaires
avec une vieille boîte à cigares
et quelques bouts de fil de fer
tous les échos de vos villages
tous les oiseaux de vos forêts
et ne venez dans la capitale
que pour fêter au pas cadencé
la prise de la Bastille le quatorze juillet

Enfants du Sénégal
dépatriés expatriés et naturalisés

Enfants indochinois
jongleurs aux innocents couteaux
qui vendiez autrefois aux terrasses des cafés
de jolis dragons d'or faits de papier plié

Enfants trop tôt grandis et si vite en allés
qui dormez aujourd'hui de retour au pays
le visage dans la terre
et des bombes incendiaires labourant vos rizières

On vous a renvoyé
la monnaie de vos papiers dorés
on vous a retourné
vos petits couteaux dans le dos

1. Fréjus, dans le Var, était une des bases de cantonnement des troupes coloniales.

Étranges étrangers

Vous êtes de la ville
vous êtes de sa vie
même si mal en vivez
même si vous en mourez.

Annie ERNAUX (née en 1940)

Journal du dehors (1993)

(« Folio » n° 2693)

« Notre vrai moi n'est pas tout entier en nous » : telle est la citation de Jean-Jacques Rousseau qu'Annie Ernaux a placée en exergue de son Journal du dehors. *En regroupant des « instantanés de la vie quotidienne collective*[1] *» des habitants d'une ville de la banlieue parisienne, Cergy-Pontoise, l'écrivain donne à voir, dans un style dépouillé, ce que le regard de chacun ne voit plus à force de banalité. Le titre* Journal du dehors *semble prendre le contrepied du journal intime où la connaissance de soi passe par l'introspection. Mais l'autre renvoie toujours celui qui l'observe à sa propre singularité : « Ce sont les autres, anonymes côtoyés dans le métro, les salles d'attente, qui, par l'intérêt, la colère ou la honte dont ils nous* traversent, *réveillent notre mémoire et nous révèlent à nous-mêmes*[2]*. »*

Maintenant, il y a un clochard qui fait régulièrement la manche dans le R.E.R., entre Cergy et Paris. Sa technique est celle de l'aveu : « Je ne suis pas un voleur, un assassin, je suis un clochard ! » puis « donnez-moi un peu de sous pour que je puisse manger et aussi boire un petit coup ». (Dire « je suis sans travail » attire immédiatement la suspicion des gens, leur irritation, il n'a qu'à en chercher, etc.) Il annonce : « Je vais passer

1. Avant-propos de l'auteur dans l'édition Folio de 1996.
2. *Ibid.*

parmi vous, donnez-moi une petite pièce, les grosses aussi sont acceptées. » L'humour plaît, les gens rient. Il reçoit beaucoup d'argent, crie d'une voix tonitruante « bonnes vacances et bonne journée » et à ceux qui ne donnent rien « petites vacances et petite journée ». Rieurs de son côté. En descendant, il hurle « bon, eh bien, à demain ». Le wagon s'esclaffe. Excellence de cette stratégie où les places sont respectées : je suis clodo, je bois et je ne travaille pas, tout le contraire de vous. Il ne dénonce pas la société mais la conforte. C'est le clown, qui met une distance artistique entre la réalité sociale, misère, alcoolisme, à laquelle il renvoie par sa personne, et le public-voyageur. Rôle qu'il joue d'instinct avec un immense talent.

Groupement de textes stylistique

La description du jardin

DANS LE CONTE D'AMOS OZ, la découverte par les enfants du jardin de Nehi est l'occasion d'une description détaillée qui sollicite tous les sens. Le narrateur souligne à plusieurs reprises le caractère féerique de ce jardin dont le spectacle comble d'aise ceux qui l'admirent.

Le jardin est l'idéal de l'espace heureux puisqu'il parvient à concilier le spectacle des beautés de la nature avec le resserrement de l'intimité. Il est aussi un espace où se conjuguent les dons de la nature et le savoir-faire de l'homme. En cela, il est un lieu de l'harmonie et du bonheur. À l'instar du Dieu de la Bible qui a transformé le chaos en cosmos, c'est-à-dire en un système d'ordre et de beauté, le jardinier joue un rôle d'ordonnateur de l'espace en recomposant la nature pour la porter à sa perfection.

Cette recherche d'une élaboration artistique de la nature est redoublée quand le jardin devient l'objet d'une représentation littéraire. Décrire le jardin demande à l'écrivain un travail de composition qui est comme une mise en abyme de la mission du jardinier : les fleurs deviennent des mots et les mots sont des fleurs qui ornent la description. La poésie

— vers ou prose — rivalise avec la peinture et on parle alors de la dimension picturale de la description.

L'art du jardin, qui donne l'illusion du naturel par une série d'artifices, ramène à une des fonctions de la description : donner l'illusion du réel. Cependant, lieu culturel par excellence, qui renseigne sur la relation entre l'homme et la nature, le jardin et sa description renvoient le promeneur-lecteur à des références mythiques et symboliques.

L'écrivain, en représentant un jardin, peut donc exploiter les richesses de la description : donner à voir un lieu, mais aussi lui donner vie en y projetant les regards croisés des personnages, du narrateur et finalement des lecteurs.

VIRGILE (Ier siècle av. J.-C.)

Géorgiques

(trad. de Jacques Delille, « Folio classique » n° 2980)

Les Géorgiques, *ou « art de la culture de la terre », sont considérés comme un des sommets de la poésie didactique, poésie qui transmet un enseignement. On y trouve, certes, des passages de caractère technique, mais l'œuvre frappe surtout par des digressions qui sont autant de morceaux de bravoure. Parmi ceux-ci, l'épisode du vieillard de Tarente.*

Le temps mythique de l'âge d'or, où la nature offrait d'elle-même ses richesses, n'est plus mais l'homme, à force de travail opiniâtre, de soin et de savoir-faire, peut reconquérir un nouveau bonheur. Mieux qu'un discours, la description du paysan qui fait fructifier son jardin donne au lecteur une leçon en actes et célèbre un idéal de vie. Voltaire saura s'en souvenir en conclusion de son conte philosophique Candide, *avec la fameuse formule : « Il faut cultiver notre jardin. »*

Si mon vaisseau[1], longtemps égaré loin du bord,
Ne se hâtait enfin de regagner le port,
Peut-être je peindrais les lieux chéris de Flore[2],
Le narcisse en mes vers s'empresserait d'éclore ;
Les roses m'ouvriraient leurs calices brillants ;
Le tortueux concombre arrondirait ses flancs ;
Du persil toujours vert, des pâles chicorées,
Ma muse abreuverait les tiges altérées ;
Je courberais le lierre et l'acanthe en berceaux ;
Et le myrte amoureux ombragerait les eaux.
Aux lieux où le Galèse[3], en des plaines fécondes,
Parmi les blonds épis roule ses noires ondes,
J'ai vu, je m'en souviens, un vieillard fortuné,
Possesseur d'un terrain longtemps abandonné.
C'était un sol ingrat, rebelle à la culture,
Qui n'offrait aux troupeaux qu'une aride verdure,
Ennemi des raisins, et funeste aux moissons :
Toutefois, en ces lieux hérissés de buissons,
Un parterre de fleurs, quelques plantes heureuses,
Qu'élevaient avec soin ses mains laborieuses,
Un jardin, un verger, dociles à ses lois,
Lui donnaient le bonheur, qui s'enfuit loin des rois.
Le soir, des simples mets que ce lieu voyait naître,
Ses mains chargeaient, sans frais, une table champêtre :
Il cueillait le premier les roses du printemps,
Le premier, de l'automne amassait les présents ;
Et lorsque autour de lui, déchaîné sur la terre,
L'hiver impétueux brisait encor la pierre,
D'un frein de glace encore enchaînait les ruisseaux,
Lui déjà de l'acanthe émondait les rameaux ;
Et, du printemps tardif accusant la paresse,
Prévenait les zéphyrs[4], et hâtait sa richesse.

---

1. Image pour désigner le poème, qui, après une digression, doit revenir au sujet principal du chant IV : les abeilles.
2. Déesse romaine des fleurs.
3. Fleuve de Calabre, région du sud de l'Italie, qui se jette non loin de la ville de Tarente.
4. Anticipait la venue des vents doux et agréables du printemps.

Chez lui le vert tilleul tempérait les chaleurs ;
Le sapin pour l'abeille y distillait ses pleurs :
Aussi, dès le printemps toujours prêts à renaître,
D'innombrables essaims enrichissaient leur maître ;
Il pressait le premier ses rayons toujours pleins,
Et le miel le plus pur écumait sous ses mains.
Jamais Flore chez lui n'osa tromper Pomone[1] :
Chaque fleur du printemps était un fruit d'automne.
Il savait aligner, pour le plaisir des yeux,
Des poiriers déjà forts, des ormes déjà vieux,
Et des pruniers greffés, et des platanes sombres
Qui déjà recevaient les buveurs sous leurs ombres.
Mais d'autres chanteront les trésors des jardins :
Le temps fuit ; je revole aux travaux des essaims.

(Livre IV v. 116-148)

Edgar Allan POE (1809-1849)

« Le Domaine d'Arnheim » (1847)

in *Histoires grotesques et sérieuses* (1865)

(trad. de Charles Baudelaire,
« Folio classique » n° 1040)

Faire de la nature une œuvre d'art, telle est l'ambition d'Ellison. Après sa mort, le narrateur de la nouvelle de Poe décrit la création de son ami, le domaine d'Arnheim.

Héritier à sa majorité d'une immense fortune, Ellison décide de tourner son génie poétique vers une forme artistique à la fois inédite et grandiose : « le jardin-paysage ».

Accomplissant la mission du poète qui rappelle aux hommes l'idée éternelle de beauté, Ellison veut créer un jardin sublime, « une nature qui n'est pas Dieu ou une émanation de Dieu, mais qui est la nature telle qu'elle serait si elle sortait des mains des anges qui planent entre l'homme et Dieu ».

1. Déesse romaine des fruits.

Devant le chef-d'œuvre qui se déploie sous ses yeux, au fil de la rivière et du texte, le visiteur, comme le lecteur, ne sait plus qui, de la nature ou de l'art, a imité l'autre. Le jardinier esthète semble avoir réalisé le rêve de Baudelaire, traducteur de Poe, dans son « Invitation au voyage » : « Là, tout n'est qu'ordre et beauté,/ Luxe, calme et volupté. »

D'ordinaire, on se rendait à Arnheim par la rivière. Le visiteur quittait la ville de grand matin. Pendant l'avant-midi, il passait entre des rives d'une beauté tranquille et domestique, sur lesquelles paissaient d'innombrables moutons dont les toisons mouchetaient de blanc le gazon brillant des prairies ondulées. Par degrés, l'impression de culture s'affaissait dans celle d'une vie purement pastorale. Lentement, celle-ci se noyait dans une sensation d'isolement, qui à son tour se transformait en une parfaite conscience de solitude. À mesure que le soir approchait, le canal devenait plus étroit ; les berges s'escarpaient de plus en plus et se revêtaient d'un feuillage plus riche, plus abondant, plus sombre. La transparence de l'eau augmentait. Le ruisseau faisait mille détours, de sorte qu'on ne pouvait jamais en apercevoir la brillante surface qu'à une distance d'un huitième de mille[1]. À chaque instant, le navire semblait emprisonné dans un cercle enchanté, formé de murs de feuillage, infranchissables et impénétrables, avec un plafond de satin d'outre-mer, et sans plan inférieur, — la quille oscillant, avec une admirable symétrie, sur celle d'une barque fantastique qui, s'étant retournée de haut en bas, aurait flotté de conserve[2] avec la vraie barque, comme pour la soutenir. Le canal devenait alors une *gorge*; je me sers de ce terme, bien qu'il ne soit pas exactement applicable ici, parce que la langue ne me fournit pas un mot qui représente mieux le trait le plus frappant et le plus distinctif du paysage. Ce caractère de gorge ne se manifestait que par la hauteur et le parallélisme des rives ; car il disparaissait dans tous

1. Forme francisée du mile anglais (1609 m).
2. Ensemble.

leurs autres traits principaux. Les parois de la ravine, entre lesquelles l'eau coulait toujours claire et paisible, montaient à une hauteur de cent et quelquefois de cent cinquante pieds, et s'inclinaient tellement l'une vers l'autre, qu'elles fermaient presque l'entrée à la lumière du jour; les longues et épaisses mousses, qui pendaient, comme des panaches renversés, des arbrisseaux entrelacés par le haut, donnaient à tout l'abîme un air de mélancolie funèbre. Les détours devenaient de plus en plus fréquents et compliqués et semblaient souvent revenir sur eux-mêmes, en sorte que le voyageur avait depuis longtemps perdu toute idée d'orientation. De plus, il était enveloppé d'un sentiment exquis d'étrangeté. L'idée de la nature subsistait encore, mais altérée déjà et subissant dans son caractère une curieuse modification; c'était une symétrie mystérieuse et solennelle, une uniformité émouvante, une correction magique dans ces ouvrages nouveaux. Pas une branche morte, pas une feuille desséchée ne se laissait apercevoir; pas un caillou égaré, pas une motte de terre brune. L'eau cristalline glissait sur le granit lisse ou sur la mousse immaculée avec une acuité[1] de ligne qui effarait l'œil et le ravissait en même temps.

Pendant quelques heures, on filait à travers les méandres de ce canal, l'obscurité augmentant d'instant en instant, quand tout à coup la barque, subissant un brusque détour, se trouvait jetée, comme si elle était tombée du ciel, dans un bassin circulaire d'une étendue très considérable, comparée à la largeur de la gorge. Ce bassin avait environ deux cents yards[2] de diamètre, et était entouré de tous les côtés, excepté celui faisant face au navire au moment du débouché, de collines généralement égales en hauteur aux murs de l'abîme, mais d'un caractère entièrement différent. Leurs flancs s'élevaient en talus du bord de l'eau, suivant un angle de quarante-cinq degrés, et elles étaient

---

1. Précision intense.
2. Autre mesure de longueur anglo-saxonne (0,914 m).

revêtues de la base jusqu'au sommet, sans lacune perceptible, d'une draperie faite de bouquets de fleurs les plus magnifiques ; à peine une feuille verte se laissait-elle voir çà et là, dans cette mer de couleurs, odorante et ondoyante. Ce bassin était d'une grande profondeur ; mais l'eau en était si transparente, que le fond, qui semblait consister en une masse épaisse de petits cailloux ronds d'albâtre, devenait distinctement visible par éclairs, — c'est-à-dire chaque fois que l'œil parvenait à *ne pas voir*, tout au fond du ciel renversé, la floraison répercutée des collines. Sur ces dernières, il n'y avait pas d'arbres, pas même d'arbustes d'une grosseur quelconque. Les impressions produites sur l'observateur étaient celles de richesse, de chaleur, de couleur, de quiétude, d'uniformité, de douceur, de délicatesse, d'élégance, de volupté, et d'une miraculeuse extravagance de culture, faisant rêver d'une race nouvelle de fées, laborieuses, douées d'un goût parfait, magnifiques et minutieuses ; mais, quand le regard remontait le long du talus omnicolore, depuis sa fine ligne de jonction avec l'eau jusqu'à son extrémité vaguement estompée par les plis des nuages surplombants, il était vraiment difficile de ne pas se figurer une cataracte[1] panoramique de rubis, de saphirs, d'opales et de chrysolithes[2], se précipitant silencieusement du ciel.

Alphonse DAUDET (1840- 1897)

Les Aventures prodigieuses de Tartarin de Tarascon (1872)

(« Folio junior » n° 454)

Le Père Goriot *(1834-1835), roman réaliste d'Honoré de Balzac, débute avec une longue description qui conduit pas*

1. Grande cascade.
2. Pierres précieuses de teinte dorée.

à pas le lecteur de l'extérieur à l'intérieur de la pension Vauquer. Lorsque le narrateur présente enfin la veuve Vauquer, il précise : « Toute sa personne explique la pension, comme la pension implique sa personne. »

Cette fonction expressive de la description, qui fait du lieu la métaphore de son propriétaire, est reprise par Daudet en ouverture de son récit, sur le mode ludique.

Le jardin de Tartarin, objet de l'admiration faussement naïve du narrateur, donne d'emblée au lecteur la clé du « génie du lieu », personnage héroï-comique, don Quichotte provençal prisonnier d'un corps de Sancho Pança, comme le baobab dans le pot de réséda.

Ma première visite à Tartarin de Tarascon est restée dans ma vie comme une date inoubliable ; il y a douze ou quinze ans de cela, mais je m'en souviens mieux que d'hier. L'intrépide Tartarin habitait alors, à l'entrée de la ville, la troisième maison à main gauche sur le chemin d'Avignon. Jolie petite villa tarasconnaise avec jardin devant, balcon derrière, des murs très blancs, des persiennes vertes, et sur le pas de la porte une nichée de petits Savoyards[1] jouant à la marelle ou dormant au bon soleil, la tête sur leurs boîtes à cirage.
Du dehors, la maison n'avait l'air de rien.
Jamais on ne se serait cru devant la demeure d'un héros. Mais quand on entrait, coquin de sort !
De la cave au grenier, tout le bâtiment avait l'air héroïque, même le jardin !
Ô le jardin de Tartarin, il n'y en avait pas deux comme celui-là en Europe. Pas un arbre du pays, pas une fleur de France ; rien que des plantes exotiques, des gommiers, des calebassiers, des cotonniers, des cocotiers, des manguiers, des bananiers, des palmiers, un baobab, des nopals, des cactus, des figuiers de Barbarie, à se croire en pleine Afrique centrale, à dix mille lieues de Tarascon. Tout cela, bien entendu, n'était pas de grandeur naturelle ; ainsi les cocotiers n'étaient guère plus gros que des betteraves, et le baobab (arbre géant,

1. Groupe de statuettes.

arbor gigantea) tenait à l'aise dans un pot de réséda[1]; mais c'est égal ! pour Tarascon c'était déjà bien joli, et les personnes de la ville, admises le dimanche à l'honneur de contempler le baobab de Tartarin, s'en retournaient pleines d'admiration.
Pensez quelle émotion je dus éprouver ce jour-là en traversant ce jardin mirifique ! Ce fut bien autre chose quand on m'introduisit dans le cabinet[2] du héros.

(Premier épisode, chapitre I)

Émile ZOLA (1840- 1902)

La Faute de l'abbé Mouret (1875)

(« Folio classique » n° 2320)

Le cadre idéal du Paradis est aussi le lieu de la faute d'Adam et Ève, qui ont désobéi à Dieu en goûtant le fruit défendu.

En choisissant un jardin au nom évocateur de « Paradou » comme cadre de la « faute » de son héros, Zola propose une réécriture du mythe biblique. Le jardin est à la fois le modèle et le reflet des sentiments et sensations du jeune abbé Serge Mouret et d'Albine, l'Ève nouvelle : la description repose sur la métaphore de l'union charnelle des personnages dont les mœurs de l'époque interdisaient l'énoncé direct.

C'était le jardin qui avait voulu la faute. Pendant des semaines, il s'était prêté au lent apprentissage de leur tendresse. Puis, au dernier jour, il venait de les conduire dans l'alcôve verte. Maintenant, il était le tentateur, dont toutes les voix enseignaient l'amour. Du parterre, arrivaient des odeurs de fleurs pâmées, un long chuchotement, qui contait les noces des roses, les voluptés des violettes ; et jamais les sollicitations des

1. Plante ornementale, à fleurs jaunes ou blanches, de dimension modeste.
2. Bureau.

héliotropes[1] n'avaient eu une ardeur plus sensuelle. Du verger, c'étaient des bouffées de fruits mûrs que le vent apportait, une senteur grasse de fécondité, la vanille des abricots, le musc des oranges. Les prairies élevaient une voix plus profonde, faite des soupirs des millions d'herbes que le soleil baisait, large plainte d'une foule innombrable en rut, qu'attendrissaient les caresses fraîches des rivières, les nudités des eaux courantes, au bord desquelles les saules rêvaient tout haut de désir. La forêt soufflait la passion géante des chênes, les chants d'orgue des hautes futaies, une musique solennelle, menant le mariage des frênes, des bouleaux, des charmes, des platanes, au fond des sanctuaires de feuillage ; tandis que les buissons, les jeunes taillis étaient pleins d'une polissonnerie adorable, d'un vacarme d'amants se poursuivant, se jetant au bord des fossés, se volant le plaisir, au milieu d'un grand froissement de branches. Et, dans cet accouplement du parc entier, les étreintes les plus rudes s'entendaient au loin, sur les roches, là où la chaleur faisait éclater les pierres gonflées de passion, où les plantes épineuses aimaient d'une façon tragique, sans que les sources voisines pussent les soulager, tout allumées elles-mêmes par l'astre qui descendait dans leur lit. — Que disent-ils ? murmura Serge, éperdu. Que veulent-ils de nous, à nous supplier ainsi ? Albine, sans parler, le serra contre elle. [...]

Alors, Albine et Serge entendirent. Il ne dit rien, il la lia de ses bras, toujours plus étroitement. La fatalité de la génération les entourait. Ils cédèrent aux exigences du jardin. Ce fut l'arbre qui confia à l'oreille d'Albine ce que les mères murmurent aux épousées, le soir des noces.

Albine se livra. Serge la posséda.

Et le jardin entier s'abîma avec le couple, dans un dernier cri de passion. Les troncs se ployèrent comme sous un grand vent ; les herbes laissèrent échapper

1. Tournesols.

un sanglot d'ivresse ; les fleurs, évanouies, les lèvres ouvertes, exhalèrent leur âme ; le ciel lui-même, tout embrasé d'un coucher d'astre, eut des nuages immobiles, des nuages pâmés, d'où tombait un ravissement surhumain. Et c'était une victoire pour les bêtes, les plantes, les choses, qui avaient voulu l'entrée de ces deux enfants dans l'éternité de la vie. Le parc applaudissait formidablement.

Émile VERHAEREN (1855-1916)

« Le Paradis »

Les Rythmes souverains (1910)

(*Œuvres complètes,* volume II,
éditions Slatkine, Bruxelles)

Selon la Bible, le jardin d'Éden a été planté par Dieu pour y placer Adam, le premier homme, le premier jardinier. La description du Paradis, lieu de félicité et de beauté, traverse toute la littérature occidentale. Dans ce poème d'Émile Verhaeren, écrivain belge d'expression française, la poésie, en conjuguant les ressources du verbe — de la parole — et de la musique, recrée l'harmonie originelle de toute les créatures, de la nature et du divin.

Des buissons lumineux fusaient comme des gerbes ;
Mille insectes, tels des prismes, vibraient dans l'air ;
Le vent jouait avec l'ombre des lilas clairs,
Sur le tissu des eaux et les nappes de l'herbe.
Un lion se couchait sous des branches en fleurs ;
Le daim flexible errait là-bas, près des panthères ;
Et les paons déployaient des faisceaux de lueurs
Parmi les phlox[1] en feu et les lys de lumière.
Dieu seul régnait sur terre et seul régnait aux cieux.
Adam vivait captif en des chaînes divines ;

1. Du grec « flamme », plante cultivée pour ses fleurs de couleurs vives.

Ève écoutait le chant menu des sources fines,
Le sourire du monde habitait ses beaux yeux;
Un archange tranquille et pur veillait sur elle
Et, chaque soir, quand se dardaient, là-haut, les ors,
Pour que la nuit fût douce au repos de son corps,
L'archange endormait Ève au creux de sa grande aile.

Avec de la rosée au vallon de ses seins,
Ève se réveillait, candidement, dans l'aube;
Et l'archange séchait aux clartés de sa robe
Les longs cheveux dont Ève avait empli sa main.
L'ombre se déliait de l'étreinte des roses
Qui sommeillaient encore et s'inclinaient là-bas;
Et le couple montait vers les apothéoses
Que le jardin sacré dressait devant ses pas.
Comme hier, comme toujours, les bêtes familières
Avec le frais soleil dormaient sur les gazons;
Les insectes brillaient à la pointe des pierres
Et les paons lumineux rouaient aux horizons;
Les tigres clairs, auprès des fleurs simples et douces,
Sans les blesser jamais, posaient leurs mufles roux;
Et les bonds des chevreuils, dans l'herbe et sur la mousse,
S'entremêlaient sous le regard des lions doux;
Rien n'avait dérangé les splendeurs de la veille.
C'était le même rythme unique et glorieux,
Le même ordre lucide et la même merveille
Et la même présence immuable de Dieu.

Chronologie

Amos Oz et son temps

1.

« Un enfant des mots »

> L'enfant né d'une femme porte ses parents sur ses épaules. Non, pas sur ses épaules. / En lui. Toute sa vie, il sera condamné à les porter, eux et les légions de leurs parents, / les parents de leurs parents, une poupée russe grosse jusqu'à la dernière génération (*Seule la mer*).

Amos Oz, de son vrai nom Amos Klausner, est né le 4 mai 1939. Il est le fils unique d'immigrants sionistes d'Europe orientale, arrivés avec leur famille en Palestine dans les années 1930 pour fuir l'antisémitisme.

Le père d'Amos Oz, un érudit qui avait étudié l'histoire et la littérature en Lituanie, occupait un poste à la Bibliothèque nationale de Jérusalem tout en rédigeant la nuit des articles pour l'*Encyclopédie hébraïque.* La mère de l'écrivain, Fania, donnait des leçons particulières d'histoire et de littérature.

Amos Oz grandit donc au milieu de nostalgiques de l'Europe et de sa culture du XIXe siècle, pour lesquels une « vraie ville » est entourée d'une forêt profonde et traversée par un fleuve. Lorsque l'Europe sombre dans le chaos, les parents d'Amos Oz, parfaits polyglottes, décident de protéger leur fils du mal européen : ils ne lui enseignent que l'hébreu. Ils reportent sur l'enfant le poids de leurs désillusions. À lui de réaliser les promesses que la vie leur a refusées : il lui faudra être à la fois un robuste représentant de la nouvelle génération des Juifs de Palestine et un intellectuel, héritier de ses parents.

Amos Oz passe son enfance au milieu des livres qui débordent de la bibliothèque paternelle pour envahir tout l'espace du petit appartement situé dans le modeste quartier de Kérem Avraham. Le petit garçon apprend très vite à lire ; il commence à écrire des poèmes qu'il soumet aux conseils avisés de son institutrice, dont il apprendra plus tard qu'elle est devenue une poétesse reconnue. Amos Oz a raconté qu'à cette époque il ne voulait pas devenir un écrivain, mais un livre, parce qu'un livre, lui, peut résister aux catastrophes. « Enfant des mots », il est bercé par les étranges contes de sa mère, qui lui apprend à raconter des histoires. Il en reproduira certains dans son roman autobiographique, *Une histoire d'amour et de ténèbres.*

Pour passer le temps quand ses parents retrouvaient leurs amis au café et entamaient de longues conversations d'adultes, le jeune Amos imagine la vie des inconnus qui forment le ballet des clients. Resté sage, il gagnait alors le droit de manger une glace ; ainsi l'écrivain peut-il déclarer non sans humour que sa vocation est née « à cause du dénuement, de la solitude et des crèmes glacées » (*Comment guérir un fanatique*).

À cette époque, Amos Klausner, sous l'influence de sa famille paternelle, est farouchement nationaliste. Ses premiers mots d'anglais sont « *British go home* » qu'il lance aux soldats du mandat britannique, et il aperçoit son premier cadavre lors de la guerre d'Indépendance qui oppose le jeune État d'Israël aux armées arabes ; le jeune garçon s'enflamme en jouant à la guerre et au stratège en chambre. Le fanatique en herbe commencera son dégrisement quand il assistera, incrédule puis hilare, au discours guerrier et intransigeant de Menahem Begin, leader du parti révisionniste.

Mais le grand basculement de l'enfance d'Amos Oz se produit en 1952, quand sa mère, Fania, âgée de trente-neuf ans, met fin à ses jours. Depuis plusieurs années déjà, la mélancolie, les déceptions et le sentiment d'usure l'avaient fait glisser dans la dépression.

À la colère puis à la culpabilité succède la volonté chez le jeune adolescent de changer radicalement de vie.

3 septembre 1939 Déclenchement de la Seconde Guerre mondiale.

25 janvier 1945 Libération du camp d'Auschwitz. Durant la guerre, près de six millions de Juifs ont été exterminés par les nazis et leurs alliés.

Printemps 1947 Découverte par des bédouins dans les grottes de Qumrân, près des rives de la mer Morte, des manuscrits juifs les plus anciens jamais retrouvés.

29 novembre 1947 Adoption par l'assemblée générale de l'ONU d'un plan de partage de la Palestine, comprenant la création de deux états indépen-

dants, l'un juif, l'autre arabe ; les Arabes s'opposent au plan et les Anglais refusent de participer à sa mise en œuvre.

14 mai 1948 Proclamation à Tel-Aviv par David ben Gourion de l'État d'Israël.

15 mai 1948-janvier 1949 Première guerre israélo-arabe. La victoire israélienne modifie les frontières prévues par l'ONU. Des centaines de milliers de Palestiniens sont déplacés.

2.

Le kibboutz ou la rupture

> Et à l'âge de quatorze ans et demi, deux ans après la mort de ma mère, je tuais mon père et tout Jérusalem, changeai de nom et partis au kibboutz Houda vivre sur des ruines (*Comment guérir un fanatique*).

En 1954, le jeune Amos choisit de partir dans un kibboutz situé près de la frontière jordanienne pour y vivre l'idéal communautaire des pionniers. L'adolescent y partage son temps entre des travaux agricoles et la poursuite de ses études secondaires. Symbole de la rupture avec sa famille paternelle, Amos Klausner devient Amos Oz, mot qui signifie en hébreu la force, l'audace, le courage, autant de valeurs dont l'adolescent se sentait jusque-là démuni.

Conscient de n'être qu'« un Visage pâle parmi les bronzés, une demi-portion parmi des géants costauds, un moulin à paroles infatigable parmi les taciturnes, un rimailleur parmi les agriculteurs », le nouveau venu met toute son énergie à gommer sa singularité. « C'était inutile : pour mes camarades, j'étais un extra-terrestre et ils me harcelaient sans pitié pour que je cesse une bonne fois mes excentricités et sois comme tout le monde » (*Comment guérir un fanatique*).

Resté un lecteur compulsif, Amos Oz se met à écrire la nuit dans la bibliothèque du kibboutz. Il soumet ses œuvres les plus personnelles à une jeune pionnière, née au kibboutz et fille du bibliothécaire. Nilli, dont il admire la joie de vivre, deviendra sa femme en 1960. Ils auront trois enfants, Fania, Galia et Daniel.

Après son service militaire, Amos Oz est envoyé à l'université hébraïque de Jérusalem par le kibboutz qui a besoin d'un professeur de littérature pour son lycée. Tout en étudiant la philosophie et la littérature, il fait paraître ses premières nouvelles dans la prestigieuse revue *Keshet*. Il revoit alors le grand écrivain Samuel Joseph Agnon, futur prix Nobel de littérature, qu'il avait parfois rencontré, enfant, avec ses parents.

De retour au kibboutz, Amos Oz enseigne la littérature au lycée tout en continuant à participer aux travaux de culture du coton. Le kibboutz sera le cadre de ses premières œuvres.

1957 Albert Camus obtient le prix Nobel de littérature « pour son importante œuvre littéraire qui met en lumière avec un sérieux pénétrant les problèmes qui se posent de nos jours à la conscience des hommes ».

1961-1962 Procès et condamnation à mort pour crimes contre l'humanité et crimes contre le peuple juif d'Adolf Eichmann. La philosophe juive allemande Hannah Arendt en fera la personnification de « la banalité du mal ».

Mai 1964 Création de l'Organisation de libération de la Palestine.

3.

Le parcours d'un citoyen et d'un écrivain

En 1965, Amos Oz fait une entrée remarquée sur la scène littéraire avec *Les Terres du chacal*. Ces chroniques tendres et ironiques de la vie dans un kibboutz apportent à l'écrivain son premier prix littéraire ainsi qu'un lectorat passionné et une vigoureuse opposition. Un an plus tard, il publie son premier roman, *Ailleurs peut-être*, qui, selon un point de vue à la fois collectif et ironique, confirme la distance entre les pionniers et leurs rêves.

En 1967, il est mobilisé comme officier de réserve pendant la guerre des Six Jours dans le désert du Sinaï, au sein des divisions blindées de Tsahal, l'armée israélienne. Il le sera à nouveau en 1973, pendant la guerre du Kippour. L'écrivain n'a jamais évoqué cette expérience dans son œuvre : « Je ne sais pas écrire sur le feu et le sang. Si j'écris jamais quelque chose sur cette guerre, je ne parlerai pas du feu et du sang, mais de la sueur et de la vomissure, du pus et de la pisse » (*Les Deux Morts de ma grand-mère*).

En 1968, Amos Oz connaît son premier grand succès international avec son roman *Mon Michaël*. La peinture de Jérusalem à la veille de la guerre du

Sinaï est perçue comme la rupture définitive de l'écrivain avec la ville de son enfance. Il s'explique sur cette relation ambivalente dans un entretien diffusé sur France Culture en 2008 : « J'ai aimé Jérusalem pour sa magie : la magie des pierres, des collines ; la magie des rêves, des grands rêves qui naissent à Jérusalem. Et puis la magie des drames historiques. Depuis des années, j'ai compris que Jérusalem avait aussi un côté sombre. Et ce côté sombre, c'est son fanatisme profond. [...] Jérusalem est une ville dangereuse, très dangereuse, où les gens ne croient pas au compromis. Alors que moi, j'y crois profondément : c'est pour cette raison que je m'en suis éloigné » (*Imaginer l'autre. Entretiens avec Clémence Boulouque*).

Amos Oz part ensuite un an en Angleterre, à Oxford, en tant que professeur invité. La découverte de l'Europe et du monde chrétien inspirera son unique récit historique, *Jusqu'à la mort*, paru en 1973. La première nouvelle de ce diptyque présente un seigneur français de l'An mille qui, parti en croisade vers Jérusalem, périt sur le chemin, sous les coups de son propre fanatisme.

La logique délétère du fanatisme est un des principaux motifs de l'œuvre d'Amos Oz ; elle est aussi au cœur de son engagement de citoyen. En effet, parallèlement à son œuvre d'écrivain, Amos Oz intervient fréquemment dans des conférences, articles ou essais sur le conflit israélo-arabe. Partageant des valeurs de gauche, l'écrivain n'a jamais voulu devenir politicien, mais il est un citoyen actif. En 1977, il est l'un des fondateurs du mouvement « La Paix maintenant », collectif qui prône le dialogue avec les Palestiniens et milite pour la création de deux États indépendants. Son refus obstiné du dogmatisme et des stéréotypes a attiré à Amos Oz autant d'admirations que d'inimitiés.

1966 Attribution du premier prix Nobel de littérature à un auteur israélien : Samuel Joseph Agnon.
Juin 1967 Guerre des Six Jours qui oppose Israël à la Syrie, l'Égypte et la Jordanie.
Octobre 1973 Guerre du Kippour avec offensive syro-égyptienne sur le plateau du Golan et le désert du Sinaï.
1978 Attribution du prix Nobel de la paix au président égyptien Anouar el-Sadate et au Premier ministre israélien Menahem Begin pour les accords israélo-égyptiens de Camp David.
6 octobre 1981 Assassinat d'Anouar el-Sadate par un extrémiste islamiste opposé aux accords de paix avec Israël.
Octobre 1985 Diffusion à la télévision de *Shoah*, film documentaire français de Claude Lanzmann, consacré à l'extermination des Juifs d'Europe dans les camps nazis.

4.

Un contemporain capital

Depuis 1986, Amos Oz vit à Arad, en bordure du désert du Néguev. Il continue à mener en parallèle ses activités d'écrivain et de citoyen, sans jamais vouloir les confondre : « j'ai deux stylos sur mon bureau [...]. Mais il y en a un noir et un bleu, histoire de me rappeler que rédiger une chronique politique est une chose et écrire une fiction en est une autre » (*Comment guérir un fanatique*).

En 1987, Amos Oz devient professeur de l'université Ben Gourion du Néguev. La même année il consacre un essai à Agnon, dont il occupe la chaire depuis 1993. Il est membre et professeur honoraire de nombreuses universités dans le monde.

Son œuvre romanesque, couronnée par de nombreux prix internationaux, continue d'explorer ses thèmes de prédilection tout en adoptant des formes variées. En 1995, *Une panthère dans ma cave* ressuscite la Jérusalem mandataire des années 1940 et montre comment un jeune garçon, fanatique en herbe, voit vaciller ses convictions guerrières en se liant d'amitié avec un sergent anglais. En 1999, *Seule la mer*, roman aux allures de poème en prose, propose un chassé-croisé de voix et d'histoires sur les morsures du silence entre parents et enfants, sur la nostalgie, le désir de fuite et de solitude. Il en existe une adaptation musicale — un opéra — par un compositeur italien.

En 2002, à plus de soixante ans, Amos Oz rompt le silence qui avait suivi la mort de sa mère et retrace dans un roman autobiographique l'existence à la fois comique et tragique de sa famille. *Une histoire d'amour et de ténèbres* a été unanimement salué comme une œuvre majeure.

En 2005 paraît *Soudain dans la forêt profonde*, un conte pour enfants et adultes sur le conformisme et le rejet de l'autre.

Son œuvre la plus récente, *Scènes de vie villageoise*, parue en France en janvier 2010, est un recueil de nouvelles orchestrées en un roman où l'écrivain se glisse dans la peau d'hommes et de femmes dont la vie apparemment banale cache secrets et renoncements. Amos Oz y retrouve l'esprit de Sherwood

Andersen, un écrivain américain, dont la découverte enthousiaste à l'âge de vingt ans lui ouvrit le chemin de sa propre écriture.

Écrivain reconnu, intellectuel salué pour ses engagements, Amos Oz a paradoxalement accompli le rêve de son père, duquel il semblait s'être irrémédiablement éloigné. Il est une voix qui continue à faire entendre « l'autre », par le pouvoir des mots et de l'imagination.

9 décembre 1987 Première Intifada ou « guerre des pierres » des jeunes Palestiniens face aux soldats israéliens.

13 septembre 1993 Signature des accords d'Oslo entre Israël et l'OLP à Washington : échange de poignée de main historique entre le chef de l'OLP, Yasser Arafat, et le Premier ministre israélien, Yitzhak Rabin.

4 novembre 1995 Assassinat d'Yitzhak Rabin par un extrémiste religieux israélien.

29 juillet 2003 Annonce de l'érection d'une barrière de séparation entre Israël et la Cisjordanie.

2008 Sortie du film d'animation documentaire *Valse avec Bachir* du réalisateur israélien Ari Folman, qui aborde la question de la mémoire et de l'oubli.

Pour mieux connaître Amos Oz

Les Deux Morts de ma grand-mère et autres essais, « Folio », 2004.

Une histoire d'amour et de ténèbres, « Folio », 2005

Imaginer l'autre. Entretiens avec Clémence Boulouque, Éd. de l'Aube, 2008.

Éléments pour une fiche de lecture

Regarder le tableau

- Considérez le titre du tableau de Chagall, *Moi et le village*. À quels personnages de *Soudain dans la forêt profonde* vous fait-il penser ? Pourquoi ? Pourquoi d'après vous Chagall l'a-t-il choisi pour désigner sa toile ? Si vous aviez eu à le faire, comment l'auriez-vous intitulée ?
- Observez la représentation de l'homme et de l'animal : les deux visages du premier plan, mais aussi la scène figurée dans la joue de la bête de profil, et les personnages de l'arrière-plan. Quelle image le tableau donne-t-il de leur relation ? Qui vous inspire le plus confiance ?

La narration

- Le narrateur du conte *Soudain dans la forêt profonde* est un narrateur omniscient, capable de se glisser dans la conscience de tous les personnages : relevez des passages où le lecteur a accès aux perceptions et aux pensées d'un des personnages. Quel est l'effet produit quand il s'agit des animaux comme le chat, la vache ou l'ours ?

- Quand Nehi apparaît dans le jardin, le narrateur retarde sur plusieurs chapitres son identification : pourquoi selon vous ? Relevez et commentez les différentes expressions qui qualifient ce personnage des chapitres 22 à 26.
- Étudiez le glissement des points de vue ou focalisations dans le chapitre 10 quand Maya et Matti aperçoivent pour la première fois un animal ; relevez les changements de discours — discours direct et indirect libre — et d'énonciation — utilisation des pronoms personnels de la première, deuxième ou troisième personne pour désigner les enfants. Qui désigne le « nous » des pensées du poisson ? Quelle est la valeur du présent qui l'accompagne ? Quel semble être dans cette scène le lien qui relie le narrateur à ses personnages ?
- Le conte offre à plusieurs reprises une mise en abyme, c'est-à-dire une image en miroir de sa réception : quels sont les personnages qui sont placés en position de conteurs ? À qui s'adressent-ils ?
- On distingue l'ordre de la narration — l'ordre dans lequel les événements sont rapportés — et l'ordre chronologique : coïncident-ils dans le conte ? Relevez au moins quatre chapitres qui correspondent à des retours en arrière : quel est le temps du récit utilisé ? Quelle est sa valeur ?
- Relevez au chapitre 5 les différents temps et justifiez leur emploi. Quel est le temps dominant des deux dernières pages du conte ? Pourquoi ?

Les personnages

- Quels sont les traits de caractères respectifs de Matti et Maya ? En quoi se rejoignent-ils ? En quoi se différencient-ils ? Pourquoi peut-on dire qu'il y a un renversement des rôles à la fin du chapitre 26 ?

- Relevez les contradictions du personnage de Nehi.
- Comment Dani le couvreur se distingue-t-il des autres villageois ? Pourquoi selon vous ne répond-il pas aux attentes des deux jeunes héros ?
- Comment peut-on interpréter le fait qu'aucun enfant à part Maya, Matti et Nimi ne soit individualisé ?

Le sens du conte

- Trouvez un autre titre pour le conte d'Amos Oz et justifiez votre choix.
- Cherchez la définition du merveilleux et du fantastique en littérature et relevez les traits du conte *Soudain dans la forêt profonde* qui correspondent à l'un ou l'autre genre.
- Relevez le champ lexical de la peur.
- Pourquoi peut-on mettre en relation la leçon d'Almon à la fin du chapitre 11 et l'échec de l'observation du neuvième arbre aux chapitres 5 et 8 ?
- Quelles pourraient être les causes dans une classe d'aujourd'hui de la moquerie, du rejet et de la « hennite » ? Comment s'exprime le conformisme parmi les jeunes ? dans la société en général ?

Sujets de rédaction

- Rédigez la lettre que le vieil Almon pourrait adresser à son chien Zito pour lui demander de revenir.
- Imaginez le discours que Maya et Matti pour-

raient tenir à leur retour aux habitants du village pour les convaincre de changer et de laisser revenir Nehi.

- Quel lieu — réel ou imaginaire — pourrait vous émerveiller ? Décrivez-le.

Collège

Combats du xxᵉ siècle en poésie (anthologie) (161)
Mère et fille (Correspondances de Mme de Sévigné, George Sand, Sido et Colette) (anthologie) (112)
Poèmes à apprendre par cœur (anthologie) (191)
Les récits de voyage (anthologie) (144)
La Bible (textes choisis) (49)
Fabliaux (textes choisis) (37)
Sheherazade et Aladin (192)
La Farce de Maître Pathelin (146)
ALAIN-FOURNIER, *Le grand Meaulnes* (174)
Jean ANOUILH, *Le Bal des voleurs* (113)
Honoré de BALZAC, *L'Élixir de longue vie* (153)
Henri BARBUSSE, *Le Feu* (91)
Joseph BÉDIER, *Le Roman de Tristan et Iseut* (178)
Lewis CARROLL, *Les Aventures d'Alice au pays des merveilles* (162)
CHRÉTIEN DE TROYES, *Le Chevalier au Lion* (2)
CHRÉTIEN DE TROYES, *Lancelot ou le Chevalier de la Charrette* (133)
COLETTE, *Dialogues de bêtes* (36)
Joseph CONRAD, *L'Hôte secret* (135)
Pierre CORNEILLE, *Le Cid* (13)
Roland DUBILLARD, *La Leçon de piano et autres diablogues* (160)
ÉSOPE, Jean de LA FONTAINE, Jean ANOUILH, *50 Fables* (186)
Georges FEYDEAU, *Feu la mère de Madame* (188)
Gustave FLAUBERT, *Trois contes* (6)

DANS LA MÊME COLLECTION

Romain GARY, *La Promesse de l'aube* (169)
Jean GIONO, *L'Homme qui plantait des arbres* + Écrire la nature (anthologie) (134)
Nicolas GOGOL, *Le Nez. Le Manteau* (187)
Wilhelm et Jacob GRIMM, *Contes* (textes choisis) (72)
Ernest HEMINGWAY, *Le vieil homme et la mer* (63)
HOMÈRE, *Odyssée* (18)
Victor HUGO, *Claude Gueux* suivi de *La Chute* (15)
Victor HUGO, *Jean Valjean (Un parcours autour des* Misérables*)* (117)
Thierry JONQUET, *La Vie de ma mère!* (106)
Joseph KESSEL, *Le Lion* (30)
Jean de LA FONTAINE, *Fables* (34)
J. M. G. LE CLÉZIO, *Mondo et autres histoires* (67)
Gaston LEROUX, *Le Mystère de la chambre jaune* (4)
Guy de MAUPASSANT, *12 contes réalistes* (42)
Guy de MAUPASSANT, *Boule de suif* (103)
MOLIÈRE, *Les Fourberies de Scapin* (3)
MOLIÈRE, *Le Médecin malgré lui* (20)
MOLIÈRE, *Trois courtes pièces* (26)
MOLIÈRE, *L'Avare* (41)
MOLIÈRE, *Les Précieuses ridicules* (163)
Alfred de MUSSET, *Fantasio* (182)
George ORWELL, *La Ferme des animaux* (94)
Louis PERGAUD, *La Guerre des boutons* (65)
Charles PERRAULT, *Contes de ma Mère l'Oye* (9)
Edgar Allan POE, *6 nouvelles fantastiques* (164)
Jacques PRÉVERT, *Paroles* (29)
Jules RENARD, *Poil de Carotte* (66)

Antoine de SAINT-EXUPÉRY, *Vol de nuit* (114)

Mary SHELLEY, *Frankenstein ou le Prométhée moderne* (145)

John STEINBECK, *Des souris et des hommes* (47)

Robert Louis STEVENSON, *L'Étrange Cas du docteur Jekyll et de M. Hyde* (53)

Jean TARDIEU, *9 courtes pièces* (156)

Michel TOURNIER, *Vendredi ou La Vie sauvage* (44)

Fred UHLMAN, *L'Ami retrouvé* (50)

Jules VALLÈS, *L'Enfant* (12)

Paul VERLAINE, *Fêtes galantes* (38)

Jules VERNE, *Le Tour du monde en 80 jours* (32)

H. G. WELLS, *La Guerre des mondes* (116)

Oscar WILDE, *Le Fantôme de Canterville* (22)

Marguerite YOURCENAR, *Comment Wang-Fô fut sauvé et autres nouvelles* (100)

Émile ZOLA, *3 nouvelles* (141)

Lycée

Série Classiques

Écrire sur la peinture (anthologie) (68)

Les grands manifestes littéraires (anthologie) (175)

La poésie baroque (anthologie) (14)

Le sonnet (anthologie) (46)

L'Encyclopédie (Textes choisis) (142)

Honoré de BALZAC, *La Peau de chagrin* (11)

Honoré de BALZAC, *La Duchesse de Langeais* (127)

Honoré de BALZAC, *Le roman de Vautrin (Textes choisis dans* La Comédie humaine*)* (183)

DANS LA MÊME COLLECTION

René BARJAVEL, *Ravage* (95)
Charles BAUDELAIRE, *Les Fleurs du mal* (17)
BEAUMARCHAIS, *Le Mariage de Figaro* (128)
André BRETON, *Nadja* (107)
Albert CAMUS, *L'Étranger* (40)
Albert CAMUS, *La Peste* (119)
Albert CAMUS, *La Chute* (125)
Albert CAMUS, *Les Justes* (185)
Louis-Ferdinand CÉLINE, *Voyage au bout de la nuit* (60)
René CHAR, *Feuillets d'Hypnos* (99)
François-René de CHATEAUBRIAND, *Mémoires d'outre-tombe*, « livres IX à XII » (118)
Driss CHRAÏBI, *La Civilisation, ma Mère !...* (165)
Albert COHEN, *Le Livre de ma mère* (45)
Benjamin CONSTANT, *Adolphe* (92)
Pierre CORNEILLE, *Le Menteur* (57)
Denis DIDEROT, *Paradoxe sur le comédien* (180)
Madame de DURAS, *Ourika* (189)
Marguerite DURAS, *Un barrage contre le Pacifique* (51)
Paul ÉLUARD, *Capitale de la douleur* (126)
Annie ERNAUX, *La place* (61)
Gustave FLAUBERT, *Madame Bovary* (33)
Gustave FLAUBERT, *Écrire* Madame Bovary *(Lettres, pages manuscrites, extraits)* (157)
André GIDE, *Les Faux-Monnayeurs* (120)
André GIDE, *La Symphonie pastorale* (150)
Victor HUGO, *Hernani* (152)
Victor HUGO, *Mangeront-ils ?* (190)
Eugène IONESCO, *Rhinocéros* (73)

DANS LA MÊME COLLECTION

Sébastien JAPRISOT, *Un long dimanche de fiançailles* (27)

Charles JULIET, *Lambeaux* (48)

Franz KAFKA, *Lettre au père* (184)

Eugène LABICHE, *L'Affaire de la rue de Lourcine* (98)

Jean de LA BRUYÈRE, *Les Caractères* (24)

Pierre Choderlos de LACLOS, *Les Liaisons dangereuses* (5)

Madame de LAFAYETTE, *La Princesse de Clèves* (39)

Louis MALLE et Patrick MODIANO, *Lacombe Lucien* (147)

André MALRAUX, *La Condition humaine* (108)

MARIVAUX, *L'Île des esclaves* (19)

MARIVAUX, *La Fausse Suivante* (75)

MARIVAUX, *La Dispute* (181)

Guy de MAUPASSANT, *Le Horla* (1)

Guy de MAUPASSANT, *Pierre et Jean* (43)

MOLIÈRE, *L'École des femmes* (25)

MOLIÈRE, *Le Tartuffe* (35)

MOLIÈRE, *L'Impromptu de Versailles* (58)

MOLIÈRE, *Amphitryon* (101)

Michel de MONTAIGNE, *Des cannibales* + La peur de l'autre (anthologie) (143)

MONTESQUIEU, *Lettres persanes* (56)

Alfred de MUSSET, *Lorenzaccio* (8)

Irène NÉMIROVSKY, *Suite française* (149)

OVIDE, *Les Métamorphoses* (55)

Blaise PASCAL, *Pensées* (Liasses II à VIII) (148)

Pierre PÉJU, *La petite Chartreuse* (76)

Daniel PENNAC, *La fée carabine* (102)

DANS LA MÊME COLLECTION

Luigi PIRANDELLO, *Six personnages en quête d'auteur* (71)
L'abbé PRÉVOST, *Manon Lescaut* (179)
Francis PONGE, *Le parti pris des choses* (170)
Raymond QUENEAU, *Zazie dans le métro* (62)
Raymond QUENEAU, *Exercices de style* (115)
François RABELAIS, *Gargantua* (21)
Jean RACINE, *Andromaque* (10)
Jean RACINE, *Britannicus* (23)
Jean RACINE, *Phèdre* (151)
Rainer Maria RILKE, *Lettres à un jeune poète* (59)
Edmond ROSTAND, *Cyrano de Bergerac* (70)
SAINT-SIMON, *Mémoires* (64)
Nathalie SARRAUTE, *Enfance* (28)
William SHAKESPEARE, *Hamlet* (54)
SOPHOCLE, *Antigone* (93)
STENDHAL, *La Chartreuse de Parme* (74)
Michel TOURNIER, *Vendredi ou les limbes du Pacifique* (132)
Vincent VAN GOGH, *Lettres à Théo* (52)
VOLTAIRE, *Candide* (7)
VOLTAIRE, *L'Ingénu* (31)
VOLTAIRE, *Micromégas* (69)
Émile ZOLA, *Thérèse Raquin* (16)
Émile ZOLA, *L'Assommoir* (140)

Série Philosophie

Notions d'esthétique (anthologie) (110)
Notions d'éthique (anthologie) (171)

DANS LA MÊME COLLECTION

ALAIN, *44 Propos sur le bonheur* (105)

Hannah ARENDT, *La Crise de l'éducation* extrait de *La Crise de la culture* (89)

ARISTOTE, *Invitation à la philosophie (Protreptique)* (85)

Saint AUGUSTIN, *La création du monde et le temps* — « Livre XI, extrait des *Confessions* » (88)

Walter BENJAMIN, *L'œuvre d'art à l'époque de sa reproductibilité technique* (123)

Émile BENVENISTE, *La communication*, extrait de *Problèmes de linguistique générale* (158)

Albert CAMUS, *Réflexions sur la guillotine* (136)

René DESCARTES, *Méditations métaphysiques* — « 1, 2 et 3 » (77)

René DESCARTES, *Des passions en général*, extrait des *Passions de l'âme* (129)

René DESCARTES, *Discours de la méthode* (155)

Denis DIDEROT, *Le Rêve de d'Alembert* (139)

Émile DURKHEIM, *Les règles de la méthode sociologique* — « Préface, chapitres 1, 2 et 5 » (154)

ÉPITECTE, *Manuel* (173)

Michel FOUCAULT, *Droit de mort et pouvoir sur la vie*, extrait de *La Volonté de savoir* (79)

Sigmund FREUD, *Sur le rêve* (90)

Thomas HOBBES, *Léviathan* — « Livres 13 à 17 » (111)

David HUME, *Dialogues sur la religion naturelle* (172)

François JACOB, *Le programme* et *La structure visible*, extraits de *La logique du vivant* (176)

Emmanuel KANT, *Des principes de la raison pure*

pratique, extrait de la *Critique de la raison pratique* (87)

Emmanuel KANT, *Idée d'une histoire universelle au point de vue cosmopolitique* (166)

Étienne de LA BOÉTIE, *Discours de la servitude volontaire* (137)

G. W. LEIBNIZ, *Préface aux Nouveaux essais sur l'entendement humain* (130)

Claude LÉVI-STRAUSS, *Race et histoire* (104)

Nicolas MACHIAVEL, *Le Prince* (138)

Nicolas MALEBRANCHE, *La Recherche de la vérité* — « De l'imagination, 2 et 3 » (81)

MARC AURÈLE, *Pensées* — « Livres II à IV » (121)

Karl MARX, *Feuerbach. Conception matérialiste contre conception idéaliste* (167)

Maurice MERLEAU-PONTY, *L'Œil et l'Esprit* (84)

Maurice MERLEAU-PONTY, *Le cinéma et la nouvelle psychologie* (177)

John Stuart MILL, *De la liberté de pensée et de discussion*, extrait de *De la liberté* (122)

Friedrich NIETZSCHE, *La « faute », la « mauvaise conscience » et ce qui leur ressemble (Deuxième dissertation)*, extrait de *La Généalogie de la morale* (86)

Friedrich NIETZCHE, *Vérité et mensonge au sens extramoral* (168)

Blaise PASCAL, *Trois discours sur la condition des Grands* et six liasses extraites des *Pensées* (83)

PLATON, *La République* — « Livres 6 et 7 » (78)

PLATON, *Le Banquet* (109)

PLATON, *Apologie de Socrate* (124)

DANS LA MÊME COLLECTION

PLATON, *Gorgias* (159)

Jean-Jacques ROUSSEAU, *Discours sur l'origine et les fondements de l'inégalité parmi les hommes* (82)

Baruch SPINOZA, *Lettres sur le mal* — « Correspondance avec Blyenbergh » (80)

Alexis de TOCQUEVILLE, *De la démocratie en Amérique I* — « Introduction, chapitres 6 et 7 de la deuxième partie » (97)

Simone WEIL, *Les Besoins de l'âme*, extrait de *L'Enracinement* (96)

Ludwig WITTGENSTEIN, *Conférence sur l'éthique* (131)

Composition Bussière
Impression Novoprint
à Barcelone, le 10 août 2010
Dépôt légal : septembre 2010
ISBN 978-2-07-043811-2/Imprimé en Espagne.

174493